Les passants qui passent.

Né en 1950, Marc Schilder débute comme mosaïste, dirige un pub restaurant avec son épouse et une section de basket, organisant même un voyage pour des jeunes basketteurs à Los Angeles. Il ouvre ensuite une crêperie à Tanlay, en bordure du canal de Bourgogne. Atteint d'une maladie dégénérative grave, l'atrophie multi systématisée, il doit tout arrêter.

Après des années de lutte, il profite d'une période de répit pour écrire quelques romans pour son plaisir et pour l'association.

A.M.S est une maladie neurologique grave. Pour plus d'informations, visitez l'association "aramise", qui collecte des fonds pour la recherche : aramise.

www.ams-aramise.fr/articles.php?lng=fr&pg=1425&tconfig=2

À ma famille formidable

Catherine notre amie.

Et à Vous Chers lecteurs Sans vous les écrivains n'auraient pas lieu d'êtres

Les passants qui passent

SI TOUS LES GENS DU MONDE SE TENAIENT LA MAIN

Chapitre 1

Le carrefour s'éveille doucement sous les premières lueurs de l'aube. Les lampadaires, sentinelles fatiguées de la nuit, clignotent avant de s'éteindre, laissant .6 place à la lumière naturelle. C'est une heure où la ville semble suspendre son souffle, un moment fragile et éphémère où tout et rien n'est possible. Parmi les premiers à traverser ce carrefour, il y a Julien est serveur dans un café non loin de là, un petit Établissement chaleureux prisé des habitués pour son

Café au lait et ses croissants tout juste sortis du four.

— Julien (murmurant pour lui-même), Allez, Julien, une nouvelle journée commence. Café et croissants prêts à être servis. À l'autre bout du carrefour, une jeune femme prénommée Léa fait son jogging matinal. Elle emprunte ce carrefour tous les jours, appréciant le calme relatif de la ville à cette heure. Ses écouteurs diffusent une musique entraînante qui rythme sa course. Léa court pour le plaisir, pour sentir son cœur battre et ses muscles se tendre. Pour elle, chaque foulée est une affirmation de vie, une manière de commencer la journée avec énergie et détermination.

— Léa : (pensant à voix haute) Encore un kilomètre, Léa, tu peux le faire. Cette journée commence bien. Non loin, un vieil homme nommé Monsieur Dubois

Promène son chien, un golden retriever nommé Oscar. Monsieur Dubois est retraité depuis quelques années qui trouve dans ces promenades matinales un moment de paix et de réflexion. Il observe les changements de la ville, les nouveaux graffitis, les boutiques qui ouvrent et celles qui ferment. Oscar, quant à lui, est tout excité par les odeurs et les sons de la ville qui s'éveille. Monsieur Dubois s'adressant à Oscar.

— Allons, Oscar, on y va doucement. Il faut laisser le temps à la ville de s'éveiller. Oscar aboyant joyeusement "Woo" puis, Il y a une jeune femme de 25 ans Zoé une super photographe qui trouve dans l'heure bleue du matin une source d'inspiration inépuisable. Elle se tient là, à l'écart, son appareil photo en main, capturant les silhouettes des passants, le jeu des ombres et de la lumière, les moments de vie éphémères qui se

Déroulent devant elle. Pour Zoé, chaque matin est une toile vierge, une opportunité de saisir la beauté dans l'ordinaire. Zoé se parlant calmement et doucement en réfléchissants, bien c'est parfait, la lumière est juste incroyable ce matin, allez, un autre cliché avant que la ville ne s'anime trop.

Ces vies, et tant d'autres, se croisent et s'entremêlent au carrefour, chacune suivant son propre chemin, mais toutes faisant partie du tissu vibrant de la ville.

Ce matin, comme tous les matins, le carrefour est le théâtre silencieux de milliers d'histoires personnelles, un espace où se joue la symphonie complexe de la vie urbaine. Alors que le jour se lève pleinement, le carrefour s'anime davantage, les voitures remplacent les premiers passants solitaires, et la ville embrasse pleinement le début d'une nouvelle journée. Mais pour

Un bref instant, dans la douce lumière de l'aube, le carrefour a été le point de rencontre de destins divers, le cœur battant de la cité. Julien croisant Léa :

— Bonjour, Léa ! Prête pour un café après ton jogging ? Léa souriante,

— Toujours, Julien ! J'arrive dans dix minutes, Monsieur Dubois, salut de la main à Zoé,

— Bonjour, Zoé ! Encore à la recherche de la photo parfaite ? — Toujours, Monsieur Dubois ! Chaque matin m'offre quelque chose de nouveau. Le carrefour s'emplissait de vie, et la ville s'éveillait pleinement, prête à accueillir une nouvelle journée riche en histoires et en rencontres.

Chapitre 2

Alors que la matinée avance, le café où travaille Julien commence à se remplir. Les habitués prennent place à leurs tables préférées, saluant Julien par son prénom. Parmi eux, il y a Madame Berger, toujours installée au coin de la fenêtre, son roman à la main. Elle ne manque jamais de demander des nouvelles à Julien, s'intéressant sincèrement à sa vie. Aujourd'hui, elle lui parle de Léa, la joggeuse matinale, qu'elle a vue passer devant le café.

— Elle a l'air si déterminée, chaque matin. Connais-tu son histoire ? Secouant la tête Non, pas vraiment. Elle est assez discrète. Madame Berger souriante, prenant une gorgée de café, elle me rappelle moi quand j'étais

Plus jeune, toujours en mouvement, toujours à chercher quelque chose. Riant doucement, julien lui répondit :

— Peut-être qu'un jour, on apprendra son histoire. Pendant ce temps, Léa termine son parcours habituel et s'étire dans le parc voisin. Elle a remarqué Zoé, la photographe plusieurs fois et se sent mystérieusement attirée par son travail. Elle décide qu'aujourd'hui sera le jour où elle l'aborde.

— Bonjour, je m'appelle Léa. Je t'ai vue prendre des photos ces derniers matins. Qu'est-ce qui t'inspire dans cette ville ? Zoé surprise mais ravie de l'intérêt, souriant.

 — Salut Léa, moi c'est Zoé. Ce sont les gens et leurs histoires qui m'inspirent. La ville est comme un grand livre ouvert, chaque coin a une histoire à raconter. Léa s'asseyant à côté de Zoé sur le banc.

— Je trouve ça fascinant. Moi, je cours pour m'évader, pour réfléchir. Peut-être pourrais-tu capturer cette essence dans tes photos ? Zoé hoche la tête en souriant,

— C'est une excellente idée. J'aimerais te suivre pendant tes courses, si cela ne te dérange, pas étonnée et très heureuse.

— Monsieur Dubois, quant à lui, continue sa promenade, observant les interactions autour de lui. Il a un faible pour les histoires des gens, les imaginants souvent plus colorées qu'elles ne le sont. En passant devant le café de Julien, il aperçoit Madame Berger à travers la vitrine. Il se souvient d'une époque où ils fréquentaient le même cercle littéraire.

— Monsieur Dubois murmurant à lui-même, Hé, n'est- ce pas Madame Berger ? Peut-être est-il temps de

Renouer. Il entre dans le café et s'approche de la table de Madame Berger.

—Bonjour madame berger, comment allez-vous depuis le temps ?

—Bien et vous Monsieur Dubois, toujours en recherche de documents ? Je suis contente de vous retrouver, pour info j'ai quitté le club, il y a quelques années, mais j'y pense souvent. — Peut-être devrions- nous y retourner ensemble un jour, dit Monsieur Dubois.

— Ce serait merveilleux, que des bons souvenirs.

Zoé, inspirée par sa rencontre avec Léa, décide de suivre la jeune femme dans ses joggings matinaux, capturant non seulement l'énergie de Léa mais aussi l'essence même de la ville au lever du jour. Elle envisage une exposition photo centrée sur les habitants de la ville et leur relation avec celle-ci. Les vies de

Julien, Léa, Monsieur Dubois et Zoé commencent à s'entrelacer de manière inattendue, tissées ensemble par les fils invisibles de la ville. Julien propose à Léa et Zoé de se rencontrer au café pour discuter de l'exposition photos.

Quelques jours plus tard, au café, Julien accueille Léa et Zoé à une table près de la vitre.

— Merci d'être venues. Je pense que l'idée de Zoé pour une exposition est fantastique.

— Léa, tu serais partante pour y participer ?

— Absolument. J'adore l'idée de partager une autre facette de notre ville.

— Monsieur Dubois, entendant parler du projet, offre ses souvenirs et ses récits pour enrichir la narration.

— Je serais ravi de contribuer. La ville a tant de souvenirs pour moi, des histoires qui méritent d'être racontées.

Ainsi, les liens entre Julien, Léa, Monsieur Dubois et Zoé se renforcent, chacun apportant une pièce unique à ce puzzle de vies entrelacées. Le café devient le centre névralgique de ce projet, un lieu où les histoires prennent vie et où les relations se tissent, invisibles mais puissantes.

Chapitre 3

À mesure que les jours passent, le projet d'exposition photo de Zoé prend forme, devenant le sujet de conversation principal au café de Julien. L'idée d'unir la communauté à travers l'art et les histoires personnelles enthousiasme les habitants de la ville. Julien, voyant une opportunité unique, propose d'organiser la première réunion de planification dans son café après les heures d'ouverture. Il offre également son espace comme lieu pour l'exposition. Alors, tout le monde, que diriez-vous de nous réunir ici après la fermeture pour discuter des détails de l'exposition ? Léa prit la parole la première,

— C'est une excellente idée, Julien ! Ton café serait l'endroit parfait pour l'expo.

— Merci, Julien lui dit Zoé, Je suis sûre que ce projet va vraiment rassembler la communauté.

— Léa, de son côté, trouve un nouveau sens à ses joggings matinaux. Elle ne court plus seulement pour elle-même, mais aussi pour faire partie de quelque chose de plus grand. Elle commence inviter d'autres joggeurs à se joindre à elle et Zoé pour les séances photo, élargissant le cercle des participants au projet.

— Hé, ça vous dirait de nous rejoindre pour une séance photo demain matin ? Capture des moments incroyables de la ville et de ses habitants.

— Pourquoi pas ? Ça pourrait être sympa de voir la ville sous un autre angle. Madame Berger, inspirée par l'initiative, décide d'écrire un recueil de nouvelles basé

Sur les histoires que Monsieur Dubois partage avec elle. Ces récits, mêlant réalité et fiction, peignent le portrait d'une ville vibrante, où chaque habitant détient une pièce du puzzle collectif.

— Monsieur Dubois, vos histoires sont une véritable mine d'or. J'aimerais en écrire un recueil. Qu'en pensez- vous ? Monsieur Dubois étonné et ravi,

— Ce serait un honneur, Madame Berger. J'ai toujours aimé partager ces récits. Monsieur Dubois, quant à lui, se sent revigoré par l'intérêt porté à ses histoires. Il se remémore les jours où il écrivait des articles pour le journal local, capturant des événements.

— Tu sais, Julien, ce projet me rappelle le temps où j'écrivais pour le journal. Capturer la vie de notre ville était ma passion. Julien :

— Vous avez toujours un don pour raconter, Monsieur Dubois. Nous sommes chanceux de vous avoir. Le soir de la réunion arrive. Le café de Julien est baigné d'une lumière douce et chaleureuse. Les chaises sont disposées en cercle, créant une atmosphère intime et accueillante. Les participants arrivent petit à petit, chacun apportant son enthousiasme et ses idées. Julien :

— Bienvenue à tous. Je suis ravi de vous voir aussi nombreux et enthousiastes pour ce projet. Zoé, Léa et moi avons quelques idées à partager. Zoé

— Merci, Julien. L'idée est de capturer la vie quotidienne des habitants, les petits moments qui font notre ville. Léa et moi avons déjà commencé avec les joggers du matin. Léa :

— Oui, et nous aimerions inviter encore plus de gens à se joindre à nous. Plus nous serons nombreux, plus le

Projet sera riche. La réunion se déroule dans une ambiance de coopération et de créativité. Chacun apporte ses suggestions, ses histoires, et son énergie. Les idées fusent, les rires éclatent, et les liens se tissent. Le projet prend une dimension nouvelle, unissant encore davantage la communauté. Madame Berger : — Pense que nous devrions inclure des récits écrits, peut- être sur des panneaux à côté des photos, je pourrai donner plus de profondeur aux images. Monsieur Dubois,

— Excellente idée. Et pourquoi ne pas organiser des soirées lectures ? Cela pourrait attirer encore plus de gens. Un participant,

— Et des ateliers photo pour les enfants ? Ils pourraient apprendre à voir la ville à travers un objectif Ainsi, les vies de Julien, Léa, Monsieur Dubois, Zoé et tant

D'autres continuent de s'entrelacer, chaque interaction renforçant les liens de cette communauté dynamique. Le café de Julien devient un centre névralgique, un lieu où les histoires prennent vie et où les relations se tissent, invisibles mais puissantes. L'exposition photo promet d'être un événement marquant, célébrant richesse des vies ordinaires et l'esprit collectif de la ville.

Chapitre 4

Le café bruissait de l'activité de préparation pour l'exposition photo. Julien, Léa, Zoé, Madame Berger et Monsieur Dubois travaillaient ensemble, leurs interactions révélant des facettes cachées de leur personnalité. Julien s'affairait derrière le comptoir, triant des affiches et des brochures. Soudain, il se souvint du vieux grenier du café et décida d'y monter pour chercher des décorations supplémentaires. Dans un coin poussiéreux du grenier, il trouva une boîte en carton usée. En l'ouvrant, il découvrit son ancien carnet de croquis, oublié depuis des années. Ce soir-là, après la fermeture, Julien s'assit seul à une table avec le carnet ouvert devant lui. Les souvenirs affluèrent. Il se

Souvint des heures passées à peindre, à se perdre dans les couleurs et les formes. Zoé, qui finissait de ranger son matériel photo, s'approcha.

— Julien, tu dessines ? demanda-t-elle, curieuse. Julien leva les yeux et sourit.

— Oui, enfin... je dessinais. J'ai trouvé ce carnet dans le grenier. Je pensais peut-être ajouter quelques portraits dessinés à l'exposition. Zoé observa les croquis avec admiration.

— Tu devrais vraiment le faire. Tes dessins sont incroyables. Julien se mit à esquisser un habitué du café sur une nouvelle page, sentant la passion renaître en lui.

— Merci, Zoé. Ça me fait du bien de redécouvrir cette partie de moi. Pendant ce temps, Léa profitait de ses courses matinales pour réfléchir à sa vie. Chaque foulée la rapprochait de la compréhension de son propre

Résilience. Elle se souvenait de sa lutte contre la maladie dans son adolescence, et de la force intérieure qu'elle avait dû trouver pour s'en sortir. Un matin, elle croisa Zoé en train de photographier les joggeurs et les paysages au lever du soleil.

— Salut Zoé ! Tu es toujours aussi matinale ! Léa en s'arrêtant. Zoé sourit.

— Oui, je trouve l'inspiration dans la lumière ce matin elle est juste incroyable. Et toi, comment se passe ta course ? Léa soupira de contentement.

— C'est plus qu'une simple course pour moi. C'est une méditation en mouvement. Chaque pas est un rappel de ma propre force et de ma capacité à surmonter les défis. Zoé hocha la tête, réfléchissant à ses propres défis.

— C'est beau. Je devrais peut-être essayer de courir avec toi un jour. Léa sourit. Avec plaisir. Zoé, quant à

Elle, trouvait dans la photographie un moyen de surmonter sa timidité. Derrière l'objectif, elle se sentait protégée, capable d'observer le monde sans se sentir exposée. Un après- midi, alors qu'elle préparait ses photos pour l'exposition, Madame Berger s'approcha.

— Zoé, tes photos sont magnifiques. Elles racontent des histoires sans mots. Zoé rougit légèrement, jusqu'aux oreilles.

— Merci, Madame Berger. Parfois, j'ai du mal à exprimer ce que je ressens avec des mots, mais la photographie m'aide à communiquer. Madame Berger hocha la tête.

— Je comprends. L'écriture est ma manière d'exprimer ce que je ressens. Peut-être que tu devrais essayer de partager tes pensées plus ouvertement. L'exposition

Pourrait être une bonne occasion. Zoé sourit timidement.

— Je vais essayer. Merci pour le conseil. Madame Berger, en préparant son recueil de nouvelles pour l'exposition, se remémorait les moments de sa vie qui l'avaient inspirée. Jeune veuve, elle avait trouvé refuge dans les livres, chaque histoire devenant un moyen d'échapper à la solitude. Un soir, elle partagea même une de ses nouvelles avec Monsieur Dubois. Pour donner suite à leurs échangent, elle lui demande :

— Claude, ne serait-il pas plus facile de se tutoyer ? Heureux il lui répondit :

— Effectivement Isabelle ce sera plus facile et amicale de le faire, en souriant. Sourire. Isabelle lui posa cette question :

— Claude, Il y a dans tes histoires un désir de connections, de quoi s'agit-il ?

— Isabelle, en racontant mes histoires j'ai toujours cherché à laisser une trace pour reconnecter avec mon fils perdu de vue sur des malentendus et j'espérais que mon article sur l'exposition sera lu par lui et qu'il reconnaitrait l'invitation à renouer. Cette histoire parle de la perte et de la guérison. J'espère qu'elle pourra toucher ceux qui la liront. Monsieur Dubois, touché par la sincérité de Madame Berger, répondit : —Claude tes histoires sont incroyables. Elles ont le pouvoir de toucher les gens profondément, vous avez trouvé une force intérieure à travers ton écriture.

— Crois-tu que cet article pourrait toucher mon fils ? Nous avons perdu contact il y a des années, j'espère

Qu'il me lira et verra que je veux renouer. Julien, touché par la sincérité de Monsieur Dubois, répondit :

— Je suis sûr que oui. Les mots ont un pouvoir incroyable. Votre fils verra surement l'amour d'un père pour son fils, quoi qu'il arrive il restera son père.

— Merci, Julien. J'espère de tout cœur que tu as raison. Au fur et à mesure que l'exposition prenait forme, chaque personnage découvrait de ses aspects profonds d'eux-mêmes. Les dessins de Julien, les courses méditatives de Léa, les Photographies expressives de Zoé, Les récits inspirants de Madame Berger et les histoires patrimoniales de Monsieur Dubois se tissaient ensemble, créant un tableau vivant de Guérison et de croissance. Le jour de l'exposition, le café était animé et rempli d'émotion Julien, Léa, Zoé, Madame Berger

Et Monsieur Dubois se tenaient ensemble, fiers du chemin parcouru.

— Nous avons tous tellement grandi grâce à ce projet, dit Léa, émue. Julien acquiesça.

— Oui, et je suis heureux d'avoir retrouvé cette partie de moi-même. Zoé ajouta, plus confiante que jamais,

— Et moi, j'ai appris à m'exprimer et à partager. Madame Berger et Monsieur Dubois échangèrent un regard complice. — Les histoires que nous partageons ne sont pas seulement les nôtres. Elles appartiennent à tous ceux qui les entendent, dit Madame Berger. Monsieur Dubois hocha la tête, l'émotion dans la voix. Et peut-être, elles peuvent même reconstruire des ponts. L'exposition devint non seulement un événement artistique, mais un symbole de réconciliation intérieure et de liens renouvelés, unissant

La communauté dans une célébration de la résilience humaine et de la <u>créativité</u>, partagée.

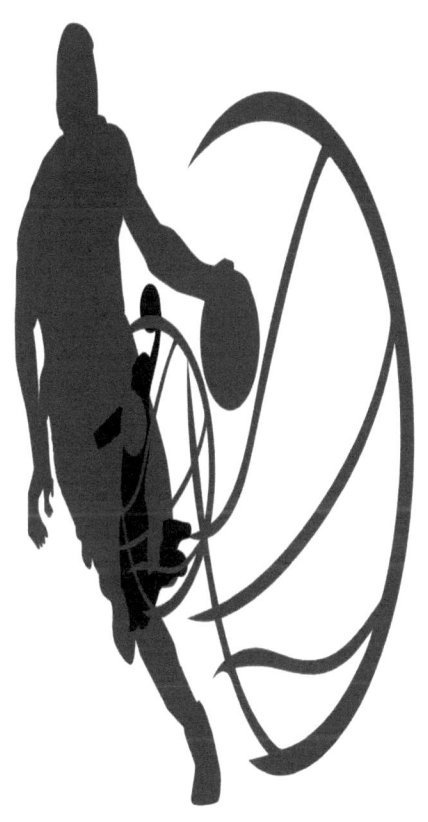

Chapitre 5

Le café de Julien ne désemplissait pas, non seulement grâce à la fréquentation des habitués, mais aussi à l'énergie créative du groupe qui y régnait depuis le succès de l'exposition. L'ensemble des différences avait formé une véritable équipe, animée par des projets qui promettaient de transformer leur ville et leurs vies. Julien, toujours derrière son comptoir, servait des boissons entre deux réunions avec l'équipe et supervisait le projet d'agrandissement avec le technicien du département afin de respecter les normes de sécurité pour un établissement accueillant du public.

— J'ai tout misé avec vous pour l'agrandissement du café, annonça Julien, la création d'une salle de

Spectacle, pouvant être mise en location privée ou publique. Comme vous le savez tous, l'achat des 400 m² a été effectué il y a un mois sans problème grâce à votre investissement, dit-il en distribuant des copies de la transaction et des plans provisoires des travaux. Imaginez une librairie, une galerie d'art permanente ici, une salle de spectacles, et des salons pour réunions d'affaires. Léa sourit en hochant la tête.

— C'est incroyable, Julien. Nos discussions et rencontres amicales dans ton café, en a fait un lieu de partage, important pour nous tous. L'agrandir va renforcer cet esprit communautaire.

Pendant ce temps, Zoé montrait à Madame Berger des clichés de son nouveau projet de documentaire photographique.

— J'ai commencé à capturer la vie des petites villes à travers le pays, expliqua-t-elle. Zoé, fière, sautillait de plaisir.

—J'espère que cela attirera l'attention nationale. Madame Berger regarda les photos avec admiration.

—Tes images sont puissantes, Zoé. Elles racontent des histoires que les mots ne peuvent Exprimés.

— Merci. Ma passion est uniquement fondée sur du vécu. J'aime montrer la vraie vie sans tabou, toute la complexité de vivre ensemble au quotidien. Madame Berger, quant à elle, animait des ateliers d'écritures pour les jeunes qui ne désemplissaient pas depuis sa création. Son recueil de nouvelles était devenu un best- seller dans toute la région, une véritable bible pour les collèges et lycées. Elle discutait très souvent avec Monsieur Dubois, et ils étaient devenus inséparables.

Les ateliers fonctionnent à merveille. Les jeunes se renouvellent constamment dans les ateliers proposés ils envisagent même la création d'une pièce de théâtre, grâce à leur enthousiasme et l'idée de raconter leurs propres histoires, dit-elle. Monsieur Dubois acquiesça.

—Isabelle, l'écriture est une forme d'expression puissante. Vous effectuez un travail énorme. Léa développait un programme de bien-être communautaire, combinant sport, nature et méditation, qui fonctionne à merveille, l'obligeant à créer plusieurs tranches horaires. Elle envisageait d'inclure d'autres activités comme le mime et des ateliers de cuisine diététique.

— J'ai réussi à attirer l'attention de quelques sponsors, expliqua-t-elle à Julien et Zoé. Avec leurs aides, on pourra organiser des événements plus grands et

Inclusifs. Alors tout semblait aller pour le mieux, l'acquisition des 400 m² restants du plateau propulsait le groupe dans un projet monumental avec l'appui de la mairie, du département et de la région. Julien hocha la tête avec enthousiasme.

— C'est génial, Léa. Tu apportes une énergie tellement positive à la communauté dit Julien, la larme à l'œil. C'est inspirant. « Pour la petite histoire, Isabelle et Claude par simplicité ont décidés le tutoiement obligatoire pour tous », Isabelle continuait dans la création de son musée virtuel en préservant l'histoire locale et plus tard départementale.

— J'ai collecté une quantité impressionnante de matériel, dit-il à Léa. Ce projet me permet de redécouvrir notre histoire et de la partager avec les autres et pour la génération. C'est une initiative fantastique. Vous donnez vie à notre passés et futurs. Ainsi fut présente l'ensemble de tout le matériel. Léa sourit.

Chapitre 6.

À mesure que l'association et ses projets prennent de l'ampleur, un détail fascinant émerge au sujet de nos protagonistes, révélant la diversité de leurs origines et de leurs croyances. Cette découverte enrichit leur collaboration, prouvant que malgré leurs différences, peuvent créer.

Des projets communs. Présentation :

— Julien, le propriétaire du café, est d'origine juive. Sa famille a toujours valorisé la tradition et l'histoire, lui enseignant l'importance de la communauté et du partage. Il apporte cette richesse culturelle dans son café, en faisant un lieu d'accueil et d'échange.

—Zoé, la photographe, est catholique. Elle a grandi dans une petite ville où l'église était le cœur de la communauté. Sa foi l'inspire à voir le monde à travers un objectif d'amour et de compassion, capturant l'humanité dans toute sa beauté.

—Isabelle, l'écrivaine, est orthodoxe. Originaire d'un pays où les traditions religieuses sont profondément ancrées dans le quotidien, elle apporte une perspective unique sur la spiritualité et la résilience à travers ses histoires.

—Léa l'organisatrice d'événements sportifs, est bouddhiste. Sa pratique l'aide à rester centrée et paisible, même dans le tourbillon de l'organisation d'événements. Elle croit fermement en l'interconnexion de tous les êtres et œuvre pour la paix et l'harmonie dans ses projets.

— Monsieur Dubois, le conteur, est musulman. Sa foi l'inspire à partager des histoires qui soulignent l'importance de l'hospitalité, de la générosité et de la compréhension mutuelle. Il est un pont entre les cultures, utilisant ses récits pour rapprocher les gens.

— Et enfin, un nouveau personnage se joint à eux : Emma, une jeune artiste protestante, dont l'art explore les thèmes de la foi, de l'espoir et de la rédemption. Elle trouve dans l'association un lieu pour exprimer sa créativité et partager ses croyances à travers son travail. Ensemble, ils décident d'organiser un événement spécial intitulé "Si tous les gens du monde". Cet événement vise à célébrer la diversité culturelle et religieuse, en invitant des membres de différentes communautés à partager leur art, leur musique, leur cuisine et leurs traditions. L'objectif est de créer un

Espace d'échange et de dialogue, où les différences sont non seulement acceptées mais célébrées. L'événement est un succès retentissant, attirant des personnes de tous horizons qui sont curieuses d'apprendre les unes des autres. Les rires, les chants et les danses se mêlent aux conversations profondes, tissant des liens d'amitié et de compréhension mutuelle. L'événement est un succès retentissant, attirant des personnes de toutes régions qui sont curieuses d'apprendre les unes des autres. Les rires, les chants et les danses se mêlent aux conversations profondes, tissant des liens d'amitié et de compréhension mutuelle. Nos protagonistes réalisent que, malgré leurs différentes origines et croyances, ils partagent des valeurs communes de paix, d'amour et de solidarité. Leur collaboration devient un modèle inspirant pour tous montrant qu'il est possible de

Construire un monde où "si tous les gens du monde se donnaient la main", la vie serait, en effet, emplie de bonheur et d'harmonie. Cette histoire illustre la beauté de la diversité ainsi que le pouvoir de l'unité. Elle rappelle que, malgré nos différences, nous avons beaucoup à apprendre les uns des autres et qu'ensemble, nous pouvons créer quelque chose de magnifique et magique. Chacun pouvant apporter une pierre à l'édifice, les portes étant grandes ouvertes.

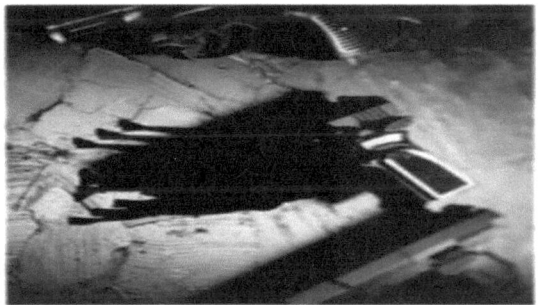

Chapitre 7

Des mois ont passé depuis l'événement "Si tous les gens du monde". La ville, autrefois endormie dans ses habitudes et ses routines, vibre désormais d'une énergie nouvelle. Les rues, les places et même les cafés portent les marques indélébiles de cet élan d'unité et de diversité. Mais l'impact de cette initiative dépasse largement les frontières de la ville. Julien, Zoé, Isabelle, Léa, Claude, et Emma sont devenus bien plus que des amis ou des collègues. Ils forment une famille choisie, unie par des liens forgés dans l'adversité et la célébration. Leur association est désormais un phare d'espoir, un symbole vivant que la coexistence pacifique n'est pas un rêve utopique, mais une réalité tangible, à portée de main. Le café de Julien est devenu

Un lieu de rencontre incontournable, où des gens de toutes origines et croyances partagent des histoires et des sourires autour d'un même feu. Zoé, avec son appareil photo toujours à portée de main, a capturé des moments d'une puissance émotionnelle brute, des images qui voyagent à présent bien au-delà de la ville, touchant les cœurs et ouvrant les esprits à travers le monde Isabelle, avec ses ateliers d'écriture, a donné naissance à une nouvelle génération de conteurs, des voix diverses qui ensemble tissent une riche tapisserie de récits humains. Léa, grâce à ses programmes de bien-être, a créé des oasis de paix, où le stress et les tensions cèdent la place à la sérénité et à la joie. Claude, par ses efforts de préservation de l'histoire, a rappelé à tous l'importance de connaître et de respecter nos racines pour mieux construire l'avenir. Et Emma, avec

Son art, a peint le portrait d'une communauté où chaque couleur, chaque trait, contribue à la beauté de l'ensemble. Leur festival annuel est devenu un rendez-vous incontournable, attirant des visiteurs de partout, désireux de vivre cette expérience unique de fraternité et d'inspiration. Les médias locaux et internationaux se font l'écho de cette petite ville qui a osé croire en l'impossible, inspirant d'autres communautés à suivre leur exemple. Mais au-delà des événements, des projets et des succès, ce qui reste le plus précieux, c'est le changement intérieur opéré dans le cœur de chaque habitant. Un changement qui rappelle que la diversité n'est pas un obstacle à surmonter, mais une richesse à célébrer. Que malgré nos différences, ou peut-être grâce à elles, nous pouvons trouver un terrain d'entente, construire des ponts au lieu d'ériger des murs. L'histoire

De notre groupe d'amis est une preuve vivante que l'harmonie est possible, que la paix est réalisable et que l'amour, dans toutes ses formes, est la force la plus puissante de l'univers. Ils nous laissent un héritage précieux : l'espoir qu'un jour, tous les gens du monde pourront se donner la main, non pas dans un geste utopique, mais dans un engagement concret pour un avenir commun. Leur festival annuel est devenu un rendez-vous, attirant énormément de jeunes adolescents de partout, désireux de vivre cette expérience unique de fraternité et d'inspiration. Les médias locaux et internationaux se font l'écho de cette petite ville qui a osé croire en l'impossible, inspirant d'autres communautés à suivre leur exemple. Mais au- delà des événements, des projets et des succès, ce qui reste le plus précieux, c'est le changement intérieur

Opéré dans le cœur de chaque habitant. Un changement qui rappelle que la diversité n'est pas un obstacle à surmonter, mais une richesse à célébrer.

Chapitre 8

Un soir, après la fermeture, Julien découvrit une lettre anonyme glissée sous la porte du café. La lettre, écrite avec des mots découpés dans des journaux, contenait un message inquiétant « Arrêtez vos projets ou il y aura des conséquences. » Julien, perturbé, montra la lettre à ses amis le lendemain matin.

—Regardez ce que j'ai trouvé. Quelqu'un veut que nous arrêtions tout. Zoé prit la lettre et la lut à haute voix.

—C'est bizarre et effrayant. Qui pourrait vouloir nous arrêter ? Léa fronça les sourcils. Peut-être que quelqu'un voit nos projets comme une menace. Isabelle, réfléchit un moment.

— Nous devons découvrir qui est derrière ça. Claude acquiesça.

— Et pourquoi. Il pourrait y avoir plus que ce que nous voyons. Déterminés à continuer leurs projets et à protéger leur communauté, le groupe décida de mener sa propre enquête.

— Nous devrions rester vigilants et noter tout ce qui nous semble étrange, suggéra Julien. Léa ajouta,

— Je vais parler à mes contacts parmi les sponsors. Peut-être qu'ils ont remarqué quelque chose d'inhabituel. Zoé se porta volontaire pour surveiller les environs.

— Je vais utiliser mon appareil photo pour capturer des indices. Madame Berger suggéra,

— Et si nous parlions aux habitués du café ? Ils pourraient avoir entendu des rumeurs. Monsieur Dubois conclut,

— Nous devons rester unis. Ensemble, nous découvrirons la vérité. Le groupe, désormais lié par un objectif commun encore plus fort, se lança dans cette nouvelle aventure avec détermination. Le mystère de la lettre anonyme et les menaces qui pesaient sur leurs projets ajoutaient une dimension inattendue à leur histoire. Alors qu'ils se préparaient à affronter ce nouveau défi, ils réalisèrent que leur union et leur détermination pouvaient non seulement transformer leur communauté mais aussi la protéger contre ceux qui voulaient la diviser. Leur avenir s'annonçait riche en possibilités, mais aussi en mystères à élucider, promettant de nombreux rebondissements sur leur

Chemin. Une question que tout le monde se pose : faut- il prévenir les autorités ? Attendre ou pas ? À quel moment devrait -t'ont les informer ? que de questions !

Chapitre 9

— Bon, tout le monde, retour au travail comme si de rien n'était, déclara Léa. Emma, la toute nouvelle recrue, proposa un projet de décoration sur le thème « Si tous les gens du monde voulaient se tenir la main. » Après concertation avec tout le groupe lors d'une réunion, Emma, Julien et Claude se mirent à lessiver tous les murs et plafonds. Ils installèrent un échafaudage roulant leur permettant de peindre sans être obligés de changer de place à chaque fois. Cela fonctionnait à merveille, et ils s'amusaient même en jouant à la voiture volante, vu la hauteur, comme de véritables enfants, avec Emma en meneuse. Vêtue d'une cote blanche qui ne resta pas blanche longtemps,

Emma et toute l'équipe peignaient le plafond avec de la peinture bleue fluorescente en trois bleus différents. Après avoir peint ce plafond, en séchant, seule la couche la plus claire reparaissait. Ensuite, ils fixèrent sur ce même plafond qui a séché, un filet étoilé lumineux en LED, dont seul le fabricant connaissait le dessin. Cette pose prit plus de temps que prévu, la surface du plafond étant de 350 m². Le filet, délicat à tendre, était maintenu par des attaches spécifiques, suivant un calepinage fourni par le fabricant. Une fois ce travail de fixation terminé, le tout fut raccordé dans une boîte de dérivation avec un disjoncteur électrique, raccordé au compteur par un professionnel pour être protégé en cas d'accident, sachant que l'alimentation était en 24 volts. Après ce travail, le mur face à la scène de 40 m² fut peint en rouge tirant vers le bordeaux, les

Autres murs en gris foncé avec sur chacun un décor effectué par Emma, que seul Julien connaissait. Toutes les plinthes étaient habillées de bandes lumineuses électriques indiquant les sorties de secours. Bon, — Nous avons bien travaillé, dit Emma en conductrice de travaux, une de ses spécialités, annonce un petit 4 heures pour vous. Direction la cuisine, Emma avait préparée des gâteaux, croissants pains au chocolat, en boissons sodas thé café ou chocolat, à vous de voir et vous servir, je ne le ferais pas pour vous aujourd'hui, dans un grand fou rire 'communicatif. Une demi-heure déjà de passée annonce-t-elle encore 10 minutes maxi et tous au boulot. Il ne restait plus que les sols à effectuer en parquet collé en fin de travaux. Emma et son équipe de champions, Julien et Claude, vêtus d'une cotte blanche offerte par son admiratrice Isabelle,

Travaillaient d'arrache-pied. Zoé et Léa s'occupaient de la décoration murale de la scène et des rideaux théâtrale anti-feu, montés sur rail électrique. Tout ce qui concernait l'électricité était effectué par un professionnel du spectacle et des manifestations, le même qui avait installé la sonorisation de la ville lors du festival. Emma et son équipe continuaient à lessiver les murs de l'entrée ainsi que l'arrière-salle et le bar tout neuf. Le dernier mur était en papier peint à décoller. Oh flute, trois couches avaient été collé et peint par l'ancien locataire « une vraie punition, très dure à décoller » Enfin ramassant les papiers tombés du haut du mur, Emma sentit un courant d'air à ras du sol. Elle appela Julien qui, en s'approchant, le sentit lui aussi. Après avoir fini de décoller le papier, une porte invisible avant apparut. Instinctivement, Emma voulut

L'ouvrir, mais Julien l'empêcha. Cela pourrait être dangereux, dit-il.

— Ah oui, je n'avais pas pensé à cela, répondit Emma

:

—Bon Emma, Est-il possible de cacher cette porte par une autre ? Non mais j'ai une idée ! une vitrine coulissante invisible ; Oui bien sûr, je peux le faire ! je vais prendre les mesures, je ferais un plan détaillé, ainsi que la liste des matériaux qui nous faut pour amener a bien ce défi Emma prit des mesures, fit un plan et demanda à Julien d'aller chercher tout ce qui était marqué sur ce papier rapidos ! Une vingtaine de minutes plus tard, Julien réapparut avec les fournitures demandées par Emma ainsi que des outils pour la pose des matériaux et avec la quincaillerie. En deux temps deux mouvements, Léa avait construit un coffre à roulettes posé sur rail, fixé sur un cadre pris en sandwich à l'intérieur d'une cloison avec Emma la grande Bertha ! Cette vitrine bibliothèque coulissait parfaitement, et l'ancienne porte ne se voyait pas. La

Pose provisoire pour réglage était parfaite, elle fut peinte en rouge bordeaux pour faire ressortir ce qui serait exposé sur des tablettes en verre sécurit, le tout éclairé par trois mini spots. Tout le monde présent n'en revenait pas et applaudit. Tous se posaient cette question : comment un petit bout de femme comme Léa pouvait, avec presque rien, fabriquer une vitrine coulissante aussi belle que vite créer ? Bravo Emma ! S'exclama Julien. Léa, toute rouge de timidité, se retourna vers Julien et Claude, et dit : Sans eux, rien n'aurait été possible. Donc, merci à eu aussi Applaudissements, s'il vous plaît ! Cria-t-elle.

Chapitre 9 : Sous Surveillance.

Réunion préparatoire avec le commissaire René-Marc. Le café de Julien, habituellement chaleureux, était aujourd'hui le théâtre d'une réunion inhabituelle. Le commissaire René-Marc, leur ami de longue date, était venu pour les briefer sur les mesures de sécurité à prendre à la suite de leur découverte. —Bon, l'équipe de choc, dit le commissaire, en souriant surtout, ne faites rien de dangereux. Vous devez toujours travailler à deux, en journée comme en fin de journée, en équipe. Les amis acquiescèrent en chœur.
— OK, commissaire, répondirent-ils d'une seule voix. Les habitants les appelaient affectueusement les « zozos », et ils avaient apprécier ce surnom. Bon poursuivit Manu
—un spécialiste va installer des caméras infrarouges, et une autre le son, ses cameras fonctionneront jour et nuit, ce qui nous donnera une piste, s'il y a du

Mouvement. J'ai appris que le propriétaire de l'immeuble voisin est effectivement belge. C'est un homme de paille, utilisé pour cacher les vrais propriétaires. C'était le mois de mars, et l'équipe devait terminer rapidement les travaux pour local de 400 m². Ce lieu allait devenir une belle salle de spectacle et d'exposition en plein centre-ville, un élément clé pour le prochain festival. Léa, toujours organisée, faisait le point. — On a presque fini les travaux. La double porte
- vitrine est installée, les peintures et les décors sont terminés. Il ne reste plus que les sols à poser, ce qui sera fait d'ici la fin de la semaine. Ce même jour, le maire, accompagné des pompiers, et Consuel étaient venus vérifier les alarmes et la sécurité électrique, après avoir testé la porte du placard, appareils de sécurité et autres travaux obligatoires pour l'ouvertures d'un établissement recevant du public. Ils confirmèrent que tous fonctionnaient parfaitement et aux normes, en remettant les documents obligatoires pour l'ouverture prochaine de l'établissement, à Julien. Documents à présenter lors de contrôle.

— Déjà 5 heures passer avec vous, et je tenais à vous dire que vous avez fait un excellent travail, dit le maire en souriant. À bientôt, si vous avez besoin de quoi que ce soit venez me rencontrer en Mairie.

Alors qu'ils terminaient la pose du parquet, quelqu'un frappa à la porte. Manu, vêtu en ouvrier, alla ouvrir car il attendait des collègues spécialistes en écoute. Trois personnes en tenue de travail, attendaient à l'entrée.

— Bonjour les copains, Manu faisait rentrer ses collègues, et leurs montra la pièce qui leur servira de bureau, pendant la surveillance, Romain toi vas rejoindre tes collègues au sous-sol, en passant par le passage, attention prudence « danger gros poissons Tandis que le groupe d'installation commençait

À vérifier le matériel qui les attendait sur place, les amis poursuivaient la pose du parquet. L'atmosphère était tendue, mais l'équipe restait concentrée. La journée touchait à sa fin et les amis étaient épuisés mais satisfaits des progrès réalisés. Léa, s'asseyant sur une caisse, sourit à ses amis et dit :

— Ce festival va être incroyable. On a travaillé dur et ça va payer. Julien concentré

— Oui, et maintenant avec la sécurité en place, on peut se concentrer sur les préparatifs sans s'inquiéter. Isabelle, toujours optimiste, dit : nous avons fait face à des défis avant, et celui-ci n'est qu'une épreuve de plus.

— Ensemble, nous pouvons tout surmonter. Claude, observant par la fenêtre, ajouta pensivement :

— Restons vigilants. Si quelque chose semble étrange, nous devons le signaler immédiatement. Ils se levèrent, prêts à affronter les jours suivants avec espoir. Le festival approchait, et avec lui, la promesse d'un avenir lumineux pour leur communauté. Tandis que le groupe des stups commençait son inspection, les amis poursuivaient la pose du parquet. L'atmosphère était tendue, mais l'équipe restait concentrée. Après environ une heure et demie, une nouvelle frappe se fit entendre à la porte. Julien alla ouvrir et vit Alexandre responsable de stups et Alexane revenir.

—Tout a été mis est en ordre, annonça Alexandre. Nous avons installé les caméras et inspecté le passage.

Vous pouvez continuer vos travaux en toute sécurité, mais restez vigilants. Zoé soupira de soulagement.

Chapitre 9

Alors que les jours passaient, les amis continuaient leurs travaux avec ardeur, bien que la tension soit palpable. La police avait décidé de laisser le temps aux stups d'intervenir, et Julien venait d'apprendre une nouvelle choquante de la part de leur propriétaire.
—Julien, commença le propriétaire en baissant la voix, le propriétaire de l'immeuble voisin essaie de racheter mon bâtiment. J'ai refusé, bien sûr. Il s'agit d'un consortium des Pays-Bas, et leur directeur est belge. Julien fronça les sourcils, absorbant l'information.
—Merci de m'avoir averti. On restera vigilants. Un après-midi, alors que Léa et Zoé peignaient les murs et que Monsieur Dubois s'occupait du parquet, quelqu'un frappa à la porte. Julien, toujours prêt à accueillir les visiteurs, alla ouvrir. Quatre personnes se tenaient là,

Montrant discrètement leurs pièces d'identité de la police des stupéfiants.

— Bonjour, dit le premier en baissant la voix, nous sommes de la brigade des stups. Julien les fit entrer rapidement, refermant la porte derrière eux. Commissaire, voici vos collègues. Le commissaire, déjà sur place pour coordonne les travaux. Les accueillis Installation des Caméras Manu, le chef de l'équipe des stups, prit la parole.

—Nous allons installer de nouvelles caméras infrarouges connectées dernier modèle en doublons avec celles déjà posées par l'autre équipe, dans les passages stratégiques. Elles fonctionneront 24/24 dès votre départ chaque soir. Zoé, curieuse, demanda,

— Vous pensez qu'il y a un risque immédiat ? Manu hocha la tête.

—Nous devons être prudents. Le consortium qui cherche à acheter le bâtiment a des antécédents suspects. Pendant que les policiers installaient les caméras, l'équipe continua ses travaux sous la surveillance de Baba, un membre de la brigade. Après

Une heure de travail en silence, la tâche était accomplie. Le chef de groupe, Manu, se tourna vers le groupe de l'association.

— Merci pour votre coopération. Continuez à travailler comme d'habitude, mais restez vigilants. Madame Berger, inquiète, demanda,

— Que devrions-nous faire si nous voyons quelque chose de suspect ? Alexandre répondit calmement,

— Notez tous les détails et appelez immédiatement le commissaire Manu.

— Ne prenez aucun risque. Après le départ des policiers, l'équipe se réunit pour discuter de la situation. Léa, toujours pragmatique, prit la parole.

— Il est crucial que nous restions concentrés sur nos travaux, mais en même temps, nous devons être extrêmement vigilants. Julien acquiesça.

— Oui, et travaillons toujours en binôme. Si quelque chose semble étrange, on se prévient immédiatement. Monsieur Dubois, pensif, ajouta,

— J'ai remarqué des mouvements suspects dans l'immeuble voisin. Il faut vraiment faire attention. Ils

Reprirent leur travail avec une concentration renouvelée, posant le parquet en bâton rompu et finalisant les derniers détails du local. L'ambiance était tendue mais résolue. À la fin de journée, alors que le soleil se couchait, l'équipe s'assit ensemble pour un bref repos.

— Nous avons fait de grands progrès, dit Julien en souriant. Et grâce à la police, nous sommes mieux protégés. Zoé, en regardant le local presque terminé, ajouta, ce festival va être incroyable. On doit continuer à aller de l'avant, malgré tout.

— Madame Berger, toujours la voix de la sagesse, conclut,

— Ensemble, nous surmonterons tous les obstacles. Restons unis et concentrés sur notre objectif. Ils se levèrent tous, prêts à affronter les jours à venir avec une détermination renouvelée. Le festival approchait, et avec lui, l'espoir d'un avenir lumineux pour leur communauté, malgré les ombres qui planaient encore.

Chapitre 10

Monsieur Dubois était particulièrement fier de la porte fabriquée par Emma pour cacher le passage secret. Habillant l'entrée secrète. Manu, le chef des stups, félicita Emma, pour son ingéniosité.

— Bravo, Emma, Mr Dubois dit Manu. Votre travail est remarquable. Cette vitrine est parfaite pour notre opération, et même elle peut rester car elle est superbe l'équipe sourit, heureuse de voir leur travail apprécié. Mise en Place des Caméras Christophe se tourna vers son équipe.

— Alexane, tu viens avec moi.

— Oui, chef,

— Tristan, tu nous suis à quelques mètres pour assurer nos arrières. Romain vérifie les autres pièces en accès publiques. L'équipe se mit au travail, installant des caméras partout où il pourrait y avoir du mouvement suspect. Après une heure et demie, Christophe et Alexane revinrent, frappant à la porte. Julien les fit

Entrer. — Tout est en place, annonça Michel. Les caméras sont prêtes à enregistrer tout mouvement Julien hocha la tête,

— Ceci explique pourquoi ils insistent autant. Tout d'un coup un grand coup dans la porte du passage secret fit ouvrir celle-ci, « crochet non mis » oublié pas de le mettre en place.

— Tristan en sueur en sorti et dit Manu et vous commissaire Rene Marc venez avec moi ! ils suivirent Théo qui ouvrit une autre porte, débouchant sur un couloir bien entretenu avec une douzaine de pièces. Chaque chambre contenait un lit double, une douche et un lavabo, toutes parfaitement entretenues. Manu, choqué, se tourna vers le commissaire René-Marc.

— Nous avons un véritable enfer ici. Il faut agir rapidement. Soudain, ils entendirent une jeune femme crier.

— Monsieur Jean, d'accord, je ferai ce que vous voulez de moi, mais ne tuez pas mon petit frère ! Julien ouvrit la porte verrouillée de l'extérieur. À l'intérieur, une

Jeune femme maigre et sale, habillée seulement d'une culotte, les regarda avec surprise.

— Monsieur René, d'accord, je ferai ce que veut le client, mais je vous en supplie, pas de fouet, ni d'autres objets qui me font mal, supplia-t-elle.

— Julien la prit par le bras et la couvrit de sa veste.

— Calme-toi, nous sommes ici pour t'aider. Où est ton petit frère ?

— Il est encore au cachot, répondit-elle. Je m'appelle Julie et j'ai 15 ans. Mon petit frère a 12 ans. Nos parents nous ont vendus. Alors que les renforts arrivaient et que les enfants étaient secourus, l'équipe se regroupa. Isabelle, prit la parole, toujours curieuse, elle partagea ses découvertes.

— J'ai effectué des recherches sur le propriétaire de l'immeuble voisin. Il est belge, comme on le savait, mais il possède également une entreprise de transformation de diamants. Il est lié à des gens peu recommandables. Notre propriétaire a refusé de lui vendre, même à un prix 25 % supérieur à la valeur du

Marché. — Julien hocha la tête. Cela explique pourquoi ils insistent autant.

— Nous avons fait un grand pas aujourd'hui, dit Julien. Mais notre travail ne fait que commencer. Zoé ajouta

— Nous devons nous assurer que ces enfants soient en sécurité et que justice soit rendue. Madame Berger, toujours la voix de la sagesse, conclut,

— Ensemble, nous pouvons surmonter toutes les épreuves. Restons unis et déterminés à faire de notre ville un endroit sûr. L'équipe se prépara à affronter les jours à venir avec une détermination renouvelée, sachant que leur mission avait pris une importance nouvelle et urgente. Le commissaire René-Marc, utilisant les informations fournies par Julie, mit en place une stratégie avec la complicité de cette dernière. Julie savait que son petit frère Pierre était en sécurité. Elle était déterminée à aider à capturer les deux monstres responsables. Julie, tu es certaine de vouloir participer ? demanda Manu.

— Oui, je veux qu'ils paient pour ce qu'ils ont fait, répondit Julie avec détermination. Le plan était de

Tendre un piège lors de la prochaine visite des deux hommes. Julie et Michel se trouvaient dans la cellule où Julie avait été retenue avant d'être libéré. Pour rendre la scène crédible, Julie portait un maillot une pièce à manches longues sous lequel elle avait enfilé son maillot d'origine. Ses bras et ses jambes étaient frottés avec du noir de fumée, rendant l'illusion parfaite. Peu après s'être installés, des bruits de pas résonnèrent dans le couloir, accompagnés des cris des autres femmes. Elles étaient appelées par leurs noms, confirmant la présence des hommes. — Monsieur Jean, c'est Julie, je veux sortir. Je suis d'accord pour faire ce que vous voulez, à une seule condition, ne tuez pas mon petit frère !

Jean approcha lentement, tapant sur les portes avec une canne.

— Alors, ma petite Julie, tu veux vraiment faire ce que je veux ?

— Oh oui, je n'en peux plus. S'il vous plaît, supplia Julie. Maurice, l'autre homme, ajouta,

— On va bien s'amuser. Mais avant, je vais donner une leçon à la blonde de la chambre 1.

— D'accord, mais ne tarde pas trop répondit Jean.

— Alors que Jean ouvrait la porte, deux coups secs retentirent suivis d'un cri de douleur. Les deux hommes furent rapidement menottés. Avant que quiconque ne puisse réagir, Julie saisit la canne de Jean et le frappa deux fois sur les parties sensibles de ce dernier.

— Voilà, sale porc, tu ne pourras plus rien faire pendant un bon moment, cria-t-elle !

— Les autres fillettes, libérées par la police, se rassemblèrent, certaines en larmes, mais toutes soulagées d'être enfin en sécurité.

Le commissaire René Marc se tourna vers Julie.

— Tu as été incroyablement courageuse, Julie. Grâce à toi, ces hommes ne feront plus de mal à personne. Julie hocha la tête, les larmes aux yeux.

— Je voulais juste sauver mon frère, mais vous s'avez plus tard je serais inspectrice et j'irai sur le terrain avec vous ! Ok Julie je vais m'occuper de toi plus tard.

Alors que les enfants étaient pris en charge par les services sociaux et que les suspects étaient emmenés, l'équipe de l'association se regroupa. — Nous avons encore du travail, dit Julien. Mais aujourd'hui, nous avons fait quelque chose de colossale et surtout, la délivrance de ses malheureux enfants. — Nous devons continuer à nous battre pour que notre ville soit un endroit sûr pour tous, appela de ses vœux Zoe de sa voix meurtrie. .70 — Madame Berger, toujours la voix de la sagesse, conclut, — Ensemble, nous pouvons surmonter toutes les épreuves. Restons unis et déterminés à protéger ville et notre communauté. L'équipe se prépara à affronter les jours à venir avec une détermination renouvelée, sachant que leur mission avait pris une importance nouvelle et urgente.

Chapitre 11

Les travaux dans la salle étaient presque terminés. Les membres de l'association étaient fiers de leur travail, mais une ombre planait sur eux. Une lettre de menace, reçue quelques jours plus tôt, ne cessait de hanter leurs esprits.

— Julien, tu as bien fait de prévenir le commissaire René-Marc, au sujet de cette lettre demanda Zoé, son inquiétude palpable.

— Oui, Zoé, répondit Julien. Il nous a dit de rester vigilants et de ne rien prendre à la légère.

Alors que l'équipe finissait de poser le parquet, un cri retentit dans la salle. Emma avait failli tomber dans l'escalier menant au sous-sol.

— Emma ! s'écria Léa en courant vers elle. Ça va ? Emma, encore secouée, se releva avec l'aide de Léa.

— Oui, ça va. J'ai glissé sur quelque chose de gras sur les marches.

— Julien inspecta l'escalier et trouva une petite flaque d'huile.

— Ce n'est pas normal, dit-il. Quelqu'un a voulu créer un accident. Comment est-il rentré ? Les Enquêtes se croisent, le commissaire René Marc, arriva rapidement sur les lieux après avoir été alerté de l'incident.

— Cela pourrait être lié à la mafia dont nous avons parlé, dit-il en examinant la scène.

— Vous pensez que s'est sérieux, commissaire ? demanda Madame Berger.

— Oui, répondit-il. Cette lettre de menace et maintenant cet incident… Quelqu'un veut clairement nous envoyer un message.

Le commissaire René Marc réunit l'équipe.

— Écoutez, nous devons prendre ces menaces très au sérieux. Vous devez rester ensemble autant que possible et ne jamais être seuls. J'ai aussi intensifié la surveillance autour de la salle.

— Nous ferons ce que vous dites, répondit Léa. Mais il faut qu'on termine cette salle pour le festival.

— Vous pouvez compter sur nous, ajouta Monsieur Dubois. Nous ne laisserons pas ces criminels nous intimider. Le commissaire René-Marc réunit l'équipe.

— Écoutez, nous devons prendre ces menaces très au sérieux. Vous devez rester ensemble autant que possible et ne jamais être seuls. J'ai aussi intensifié la surveillance autour de la salle.

— Nous ferons ce que vous dites, » répondit Léa. Mais il faut qu'on termine cette salle pour le festival.

— Vous pouvez compter sur nous, ajouta Monsieur Dubois. Nous ne laisserons pas ces criminels nous intimider. René-Marc prit les choses en main.

— Nous devons sécuriser cet endroit et libérer les enfants. Appelez des renforts immédiatement. Pendant ce temps, l'équipe de l'association se rassemblait, réalisant l'ampleur de ce qu'ils venaient de découvrir. Leur mission prenait une tournure bien plus grave que prévue. Alors que l'équipe continuait de travailler sous la surveillance renforcée de la police, un nouvel élément fit son apparition. Zoé trouva une petite clé sous l'un des quiets qu'elle venait de poser.

— Regardez ce que j'ai trouvé, dit-elle en montrant la clé Julien. Julien prit la clé et la tourna dans ses mains.

— Ça doit ouvrir quelque chose de très important. Le groupe se mit à chercher ce que la clé pouvait ouvrir. Après quelques heures de recherche, ils découvrirent un petit coffre dissimulé en bas du mur derrière une petite colonne de la salle.

— Que devons-nous faire ? demanda Zoé.

— Nous allons utiliser ces informations pour attirer les responsables dans un piège répondit René Marc. Mais il faudra être extrêmement prudents. Julie, déjà courageuse et déterminée, proposa de nouveau son aide.

— Je veux aider. Je peux les attirer en leur faisant croire que je suis toujours sous leur contrôle.

—Tu es très brave, Julie, dit Manu, mais cette fois, nous allons assurer ta sécurité à chaque instant. L'équipe, malgré la peur, se prépara à ce nouveau défi. Leurs liens se resserrèrent encore plus face au danger, prêts à affronter les ténèbres pour protéger leur communauté,

Leur ville et apporter la lumière dans cette salle de spectacles et d'exposition.

—Nous avons commencé ce projet pour notre ville, dit Julien. Et nous le finirons, peu importe les obstacles, ensemble, ajouta Zoé, nous sommes plus forts que toutes les menaces.

Chapitre 12

Le commissaire René-Marc réunit l'équipe dans la salle presque terminée. Écoutez bien, dit-il d'une voix grave. Nous allons garder cette découverte secrète. Ne parlez à personne de ce que nous avons trouvé, surtout pas au maire. Julien, surpris, demanda :

— Pourquoi ne pas en parler au maire ? Leblanc le commissaire René Marc, prit une profonde inspiration.

— J'ai des doutes sur la loyauté de certains élus. Des permis et des marchés sont toujours attribués aux mêmes personnes, souvent sous différents noms et adresses. Ces personnes ont des associés étrangers venant des Pays-Bas, de la Belgique, de la Moldavie et du Maghreb. Cela pourrait être une coïncidence, mais je préfère être prudent. Le commissaire René Marc d'un ton sérieux reprit :

— Nous allons agir avec discrétion. J'ai monté une équipe spéciale pour surveiller les activités suspectes. Julie, ta participation est cruciale pour ce piège, mais

Nous veillerons à ta sécurité. Comme une adulte concernée, Julie hocha la tête avec détermination.

— Je ferai tout ce que je peux pour vous aider, commissaire. Pendant les semaines qui suivirent, l'équipe continua de travailler sur la salle tout en collaborant avec la police. Des caméras de surveillance discrètes furent installées, et des policiers en civil se mêlèrent aux travailleurs pour assurer la sécurité. Un soir, alors que l'équipe terminait une longue journée de travail, Emma remarqua une voiture suspecte garée devant le bâtiment et qui n'a pas bougée

— Commissaire, il y a une voiture noire avec des vitres teintées qui n'a pas bougé depuis ce matin, dit-elle en pointant du doigt. Le commissaire René Marc, sortit pour examiner la voiture, suivi de près par Manu et Zoé.

— Restez en arrière, leur ordonna-t-il. Alors qu'ils approchaient, la voiture démarra brusquement et s'éloigna rapidement. Ils nous surveillent, murmura Manu. Nous devons être extrêmement prudents. De retour à l'intérieur, le commissaire René Marc expliqua son plan à l'équipe.

— Nous allons utiliser Julie comme appât pour attirer ces criminels. Nous devons créer une situation où ils se sentent obligés d'agir. Julie, malgré la peur dans ses yeux, accepta.

— Je ferai vraiment tout ce qu'il faut pour mettre fin à cette horreur. Quelques jours plus tard, lors d'une réunion secrète avec l'équipe spéciale du commissaire, un nouvel élément fit surface. L'un des membres de l'équipe, un agent infiltré, apporta des preuves solides d'une connexion entre les élus locaux et les criminels. Regardez ces documents, dit l'agent en étalant les papiers sur la table. Ils prouvent que certains élus reçoivent des pots-de-vin en échange de permis et de contrats. Une Étape Décisive Le commissaire René Marc, se tourna vers l'équipe. Nous avons suffisamment de preuves pour agir. Nous devons tendre notre piège et capturer ces individus Mais cela nécessite votre totale coopération et discrétion. Julien prit la parole.

— Nous sommes avec vous, commissaire. Nous ne laisserons pas ces criminels ruiner notre ville. Ni notre communauté. Zoé ajouta :

— Oui, nous devons protéger notre communauté, peu importe le coût. L'équipe, maintenant unie par un objectif commun, se prépare à jouer sa part dans ce plan risqué. Les travaux sur la salle étaient presque terminés, mais une nouvelle mission plus importante les attendait

: nettoyer leur ville des ombres de la corruption et de la criminalité.

— Ensemble, nous réussirons, dit Léa avec détermination. Pour Julie, pour notre ville, et pour un avenir meilleur.

Chapitre 13 :

Pour donner suite à la réunion, différentes stratégies furent mises en place pour tisser une toile d'araignée afin de piéger les malfrats. Les caméras de surveillance furent vérifiées et les agents infiltrés informaient, qu'ils étaient prêts à agir à tout moment. Dans la nuit, Julien reçut un appel téléphonique du commissaire René Marc. Le téléphone vibra sur la table de chevet, réveillant Julien en sursaut. — Commissaire ? Que se passe-t-il ? demanda-t-il, encore endormi. — Julien, viens au commissariat de Prasville immédiatement. — C'est urgent, répondit le commissaire René Marc, d'une voix tendue. Julien se dépêcha de s'habiller et se rendit au commissariat, situé dans leur belle ville touristique du sud-est de la France. En arrivant, il fut accueilli par René-Marc, qui l'entraîna immédiatement dans son bureau. Que se passe-t-il, commissaire ? demanda Julien, l'inquiétude marquant ses traits. Le commissaire René Marc, soupira et ferma la porte derrière eux.

— Tristan a eu un grave accident. Il est dans le coma. Julien sentit son cœur se serrer. Comment ? Que s'est-il passé ? René Marc, baissa les yeux. Sa voiture a été retrouvée avec une inscription sur le capot « Crève ordure ». Je crains que ce ne soit pas un simple accident. Julien, sous le choc, se laissa tomber sur une chaise.

— Qui peut être derrière ça ? Qui tient les cordes de ce jeu macabre ? Le commissaire posa une main rassurante sur l'épaule de Julien.

— Nous avons nos suspects, mais nous devons être prudents. Ce message indique clairement que quelqu'un nous observe de près et n'hésite pas à utiliser la violence pour nous faire taire. Julien serra les poings.

—Tristan ce jeune mérite pas ça. Il doit y avoir quelque chose que nous pouvons faire. Le commissaire René Marc, sortant sa tête d'entre les mains, regarda tout le monde et dit :

— Nous allons redoubler d'efforts pour surveiller les suspects. Mais vous devez aussi être vigilant. Travaillez toujours en équipe et ne prenez aucun risque inutile. Julien acquiesça.

— Je comprends. Nous ferons tout pour aider et pour que justice soit faite. De retour au local, Julien informa les autres membres de l'équipe de la situation de Tristan. Tous furent choqués et inquiets, mais cette épreuve renforça leur détermination.

— Nous devons continuer notre travail et ne pas laisser ces criminels nous intimider, dit Zoé avec force. Madame Berger, les yeux brillants de larmes, ajouta :

— Pour Tristan, pour notre communauté, notre ville nous devons rester unis et forts. Le groupe, sous la supervision de René Marc, de Manu et de ses inspecteurs, ajusta leurs stratégies, s'assura que toutes les mesures de sécurité étaient en place. Les jours suivants, ils continuèrent à travailler sur la salle tout en restant vigilants. Alors qu'ils posaient les dernières lattes du parquet, Julien sentit une nouvelle résolution grandir en lui. Ils étaient plus proches que jamais de découvrir la vérité et de démanteler ce réseau criminel. Leurs efforts et leur courage porteraient leurs fruits, et ils rendraient justice à Tristan et à tous ceux qui avaient souffert.

Chapitre 14

Le soir, alors que le jour disparaissait, tous se retrouvèrent dans la salle de théâtre et d'exposition pour discuter des événements récents et de ce qu'ils devaient faire ensuite. Mais il manquait quelqu'un de très important, pour le groupe.

— Où est Zoé ? demanda Léa, l'inquiétude se lisant sur son visage. Soudain, le téléphone de Julien sonna. Il décrocha rapidement.

— Allô, Zoé ? Où es-tu ?

— Allumez toutes les lumières intérieures et attendez dix minutes. Ensuite, allumez toutes les lumières extérieures et attendez encore. Je vous rejoindrai bientôt, répondit Zoé d'une voix pressante. Julien, intrigué, informa les autres.

— Zoé a un plan. Elle veut que nous allumions toutes les lumières intérieures d'abord, puis les extérieures.

Tout le monde se mit immédiatement au travail, allumant les lumières de la salle de théâtre et d'exposition. Les couleurs différentes créèrent un spectacle magnifique, illuminant l'intérieur de manière spectaculaire. Le ciel de la salle devenait bleu foncé avec de étoiles lumineuses formant un cœur et une farandole de mains qui se tenaient un spectacle magnifique, dommage que nous devions revenir à nos moutons. Julien se tourna vers les autres.

— J'espère qu'elle ne va pas faire quelque chose de dangereux... Dix minutes passèrent, et ils allumèrent toutes les lumières extérieures. La ville fut soudainement inondée de lumière, attirant l'attention de tous les habitants. Les gens sortirent de leurs maisons pour admirer le spectacle lumineux.

— Regardez ça ! s'exclama Monsieur Dubois. On dirait un vrai festival de lumière ! L'arrivée de Zoé Au milieu de cette scène lumineuse, Zoé apparut, son appareil photo à la main. Elle commença à mitrailler la scène, prenant environ 200 photos avec son appareil

Sophistiqué, spécialement conçu pour les prises de vue nocturnes.

— Zoé ! Qu'est-ce que tu fais ? cria Emma, tout en s'approchant d'elle. Zoé sourit en continuant de photographier.

— J'essaie de capturer des images de quiconque pourrait se cacher dans l'ombre, en observant notre salle. Avec toutes ces lumières, ils seront plus visibles.

— Bien pensé, dit Madame Berger, impressionnée. Retour à la normale après un tonnerre d'applaudissements des habitants pour le spectacle improvisé, tout redevint normal. Quelques ampoules restaient allumées, éclairant doucement une partie de la salle. Zoé rejoignit le groupe, essoufflée mais satisfaite.

— J'ai pris assez de photos pour analyser toute la zone. Nous pourrons les examiner ce soir, annonça-t-elle. Le commissaire René marc, qui avait observé la scène de loin, s'approcha.

— Bien joué, Zoé. Cela pourrait vraiment nous aider. Zoé hocha la tête.

— J'espère que nous trouverons quelque chose d'utile.

L'équipe se sentit plus unie que jamais, déterminée à percer les mystères qui entouraient leur projet et à protéger leur communauté. Les efforts de chacun, combinés à la stratégie lumineuse de Zoé, leur donnaient un nouvel espoir.

Chapitre 15

Le lendemain matin, nous nous réunîmes au commissariat avec le commissaire Leblanc, l'équipe des stupéfiants et Zoé. L'atmosphère était tendue mais pleine d'anticipation.

— Bonjour à tous, commença le commissaire René Marc. Zoé, tu peux nous montrer ce que tu as capturé ? Zoé la joie dans le regard étant sûre de son coup, et inséra une grosse clé USB dans l'ordinateur.

— Toutes les photos sont ici. Nous allons les projeter sur l'écran géant. Les rideaux furent tirés et la salle s'assombrit. La Projection pouvait commencés. Les premières photos apparurent à l'écran, montrant la ville illuminée par les lumières que nous avions allumées la veille. Beaucoup d'images étaient intéressantes mais pas immédiatement exploitables. Zoé, c'est incroyable, murmura Emma. Merci, répondit Zoé, ses yeux rivés sur l'écran. Espérons que quelque chose d'utile en ressortira. Soudain, Julien s'exclama.

— Attends, Zoé ! Recule de deux ou trois images, je veux revoir quelque chose. Zoé fit défiler les images en arrière.

— Celle-ci ?

— Oui, répondit Julien, pointant du doigt l'écran. Regardez, on voit deux hommes en noir qui regardent dans notre direction. Le commissaire René Marc, plissa les yeux.

— Intéressant. Zoé, peux-tu zoomer sur cette partie de l'image ? Zoé fit un zoom sur les deux hommes. Ils étaient vêtus de noir, leurs visages partiellement obscurcis. Par des capuches, mais on pouvait distinguer une expression de surprise ou de méfiance. Nous continuâmes à examiner les photos. Quelques clichés plus loin, une autre image attira notre attention.

— Là ! cria Léa. Regardez cette grosse limousine ! Elle semble essayer de partir, mais elle est bloquée par la foule dehors.

— Le commissaire René Marc, se pencha en n'avant.

— Zoé, peux-tu zoomer sur la plaque d'immatriculation Zoé fit un zoom sur la plaque. Elle était partiellement

Visible, mais nous pouvions lire une partie du numéro, c'est suffisant pour commencer une recherche, dit Manu des stupéfiants.

— Cela pourrait être un lien crucial. Le commissaire Leblanc se tourna vers nous.

— Bon travail, tout le monde. Zoé, tu as fait un excellent travail avec ces photos. Julien, Léa, Emma, Monsieur .94 Dubois, Madame Berger, vous avez tous joué un rôle essentiel dans cette découverte. Zoé sourit timidement.

— Merci, commissaire. J'espère vraiment que cela nous aidera à avancer. Nous devons maintenant croiser ces informations avec ce que nous savons déjà, conclut Leblanc. Je vais demander à notre équipe de travailler sur la plaque d'immatriculation et d'identifier ces hommes en noir.

En attendant, restez vigilants et surtout, continuez de travailler en équipe. Nous acquiesçâmes tous, conscients que la toile d'araignée que nous tissions se resserrait lentement mais sûrement autour des malfaiteurs.

La lumière d'espoir que Zoé avait allumé la veille semblait maintenant éclairer notre chemin vers la vérité.

Chapitre 16 :

Au Commissariat, le lendemain matin, toute l'équipe se réunit au commissariat. L'ambiance était tendue, chaque membre sentant que quelque chose d'important allait se produire.

— Bonjour à tous, commença le commissaire Leblanc. Après une nuit d'analyse, nos experts ont identifié la plaque d'immatriculation de la limousine. Elle appartient à une société écran basée aux Pays-Bas, liée à plusieurs activités criminelles.

— Et les hommes en noir ? demanda Léa, les sourcils froncés.

— Pas encore identifiés, mais nous avons des pistes, répondit Manu des stupéfiants.

— Nous pensons qu'ils sont des agents de sécurité pour cette organisation. Zoé se leva alors, un dossier en main.

— J'ai continué à analyser les photos et j'ai trouvé quelque chose de curieux. Elle projeta une nouvelle

Série d'images. Regardez cette femme ici, en arrière-plan. Elle apparaît sur plusieurs clichés, toujours à proximité des hommes en noir. Emma plissa les yeux. On dirait qu'elle les surveille.

— Exactement, dit Zoé. J'ai vérifié avec les bases de données de la police et elle correspond à un profil de l'Interpol. Elle est une ancienne détective devenue agent double Cela complique les choses, admit le commissaire Rene Marc, Si elle est impliquée

— Cela signifie que nous avons affaire à un réseau bien plus vaste et sophistiqué. Nous devons être extrêmement prudents.

— Que faisons-nous maintenant ? demanda Monsieur Dubois, inquiet.

— Nous devons organiser une opération de surveillance étroite, répondit Manu. Nous avons besoin de plus d'informations avant de frapper. Alors que nous élaborions notre plan, un policier entra précipitamment. Commissaire, une personne insiste pour vous voir. Elle dit avoir des informations Cruciales sur vos affaires concernant l'immeuble à côté.

— Faites-la entrer, dit Leblanc.

— Une femme élégamment habillée entra dans la salle. Elle semblait nerveuse mais déterminée.

— Bonjour, je suis Claire Dupont dit-elle. J'ai des informations sur les activités illégales dans cet immeuble. La Confession de Claire Nous écoutâmes attentivement alors qu'elle racontait son histoire.

— Je travaillais pour cette organisation sans savoir ce qu'ils faisaient vraiment. Quand j'ai découvert la vérité, j'ai décidé de venir vers vous.

— Qu'avez-vous découvert ? demanda Manu.

— Ils utilisent l'immeuble comme façade pour le trafic de drogues et d'êtres humains, dit Claire, visiblement bouleversée. Ils ont des caches dans plusieurs appartements et utilisent des enfants pour le transport de drogues.

— C'est horrible, murmura Emma.

— Merci de votre courage, dit le commissaire René Marc. Votre témoignage est précieux. Nous allons vous placer sous protection. Épilogue Mais au milieu des célébrations, une pensée persistante troublait René

Marc. Il savait que cette victoire n'était qu'une bataille dans une guerre bien plus vaste contre la corruption et crime organisé.

— Nous devons rester vigilants, murmura-t-il à Manu. Ce n'est que le début.

— Michel acquiesça, son regard dur et déterminé. Nous serons prêts. Et ainsi, alors que la nuit tombait sur Prasville, l'équipe se préparait à affronter les nouveaux défis qui se profileraient à l'horizon. Ils savaient que leur combat pour la justice et la vérité ne faisait que commencer. Le Piège. Le commissaire René Marc, se tourna vers nous.

— Nous allons utiliser les informations de Claire pour tendre un piège. Nous ferons semblant d'accepter une livraison de drogues et attraperons les responsables en flagrant délit. Et nous serons là pour aider, ajouta Zoé.

— Oui, acquiesça le commissaire René Marc, mais souvenez-vous, cela peut devenir dangereux. Restez vigilants et suivez mes instructions à la lettre. Alors que la réunion touchait à sa fin, Zoé remarqua une photo particulière.

— Commissaire, reculez de deux images. Les photos furent projetées en arrière. Regardez ici, dit-elle en pointant l'écran ces deux hommes en noir regardent directement vers nous. C'est là, ajouta Julien, on voit la limousine essayant de partir, bloquée par la foule.

— Cela signifie qu'ils savent que nous les observons, » dit le commissaire René Marc, les traits se durcissant. Nous devons agir vite. La tension montait alors que nous nous préparions à tendre le piège. Chaque détail devait être parfait pour éviter tout danger supplémentaire.

Nous savions que le moindre faux pas pourrait coûter des vies. Alors que nous quittions le commissariat, l'excitation et l'appréhension se mêlaient. La vérité était proche, mais nous savions que le chemin serait périlleux. Nous nous préparâmes pour la confrontation, conscients que nos vies pourraient changer à jamais. Le lendemain matin, l'atmosphère était chargée d'une tension palpable au commissariat. Le plan était en place, et tout le monde se préparait pour l'opération.

Julie, notre appât, se tenait aux côtés du commissaire Rene Marc, son courage masquant à peine l'anxiété qui la rongeait.

— Julie, dit le commissaire René Marc avec douceur, tu es sûre de vouloir faire ça ? Tu peux encore te retirer. Elle hocha la tête, déterminée.

— Oui, je suis sûre. Si je peux aider à arrêter ces monstres et à sauver d'autres enfants, je le ferai. Les stups, dirigée par Manu, était prête.

— Rappelez-vous, dit-il, nous devons capturer ces hommes en flagrant délit. Julie portera un micro, et nous serons là pour intervenir dès qu'il y aura un signe de danger.

Julie, vêtue de vêtements simples mais propres, semblait bien plus jeune et vulnérable, un contraste frappant avec la détermination dans ses yeux. « Je suis prête, » dit-elle, la voix ferme.

La nuit tombait alors que Julie était introduite dans l'immeuble, accompagnée par un homme se faisant. Passer pour son "garde". Tout était soigneusement orchestré. Les caméras infrarouges étaient en place, et

L'équipe de surveillance suivait chaque mouvement depuis une camionnette banalisée garée à proximité.

— On dirait que tout se passe bien, » murmura Zoé en ajustant ses écouteurs. Elle capturait chaque instant avec son appareil photo, prête à fournir des preuves visuelles supplémentaires.

L'intérieur de l'immeuble, Julie fut emmenée dans une pièce sordide, éclairée par une ampoule vacillante. Un homme massif, que Julie reconnut comme étant Jean, se tenait là, un sourire cruel sur les lèvres.

— Alors, tu es la nouvelle recrue ? dit-il, sa voix rauque et menaçante.

— Julie hocha la tête, jouant le rôle de l'enfant terrifiée.

— Oui, monsieur. Je ferai tout ce que vous voulez, mais s'il vous plaît, ne faites pas de mal à mon frère. Jean rit, un son glacial qui résonna dans la pièce.

— Nous verrons ça. Maintenant, montre-moi ce que tu peux faire. En Dehors, Manu écoutait attentivement, le regard fixé sur les écrans.

— Préparez-vous, murmura-t-il à son équipe. Dès que nous aurons assez de preuves, nous intervenons. Soudain, la voix de Julie changea de ton, devenant plus assurée.

— Maintenant, commissaire ! C'était le signal. L'équipe des stupéfiants se précipita dans le bâtiment, armes au poing. Des cris résonnèrent, suivis de bruits de lutte. Manu, suivi de près par le commissaire René Marc, pénétra dans la pièce où se trouvait Julie. Jean se retourna, surpris et furieux, mais il n'eut pas le temps de réagir avant d'être plaqué au sol par Manu

— Tu es en état d'arrestation, gronda-t-il. Julie se jeta dans les bras du commissaire René Marc, tremblante mais soulagée.

— Merci, commissaire, murmura-t-elle.

— Tu as été incroyable, Julie, répondit-il avec un sourire rassurant. Grâce à toi, nous avons pu mettre un terme à cette horreur. Dans les heures qui suivirent, plusieurs autres membres de l'organisation furent arrêtés. Les caméras et les micros avaient tout enregistré, fournissant des preuves irréfutables de leurs

Crimes. De retour au commissariat, l'équipe célébrait discrètement leur victoire.

— Nous avons réussi, dit Julien en levant son verre. Grâce à vous tous, et surtout à Julie. Julie, assise parmi eux, semblait enfin apaisée.

— C'est fini, dit-elle doucement. Nous avons gagné.

Chapitre 18 : Les Derniers Préparatifs

Le soleil se levait sur Prasville, baignant la ville d'une douce lumière matinale. Le festival international "Si tous les gars du monde voulaient se tenir la main" était à quelques jours seulement, et l'excitation était palpable. Julien, Zoé, Madame Berger, Léa, Monsieur Dubois et toute l'équipe étaient sur le pied de guerre, prêts à finaliser les derniers préparatifs.

Les Derniers détails, Dans la salle de spectacle, les techniciens ajustaient les derniers réglages de la sonorisation. Julien observait attentivement, son visage marqué par une détermination farouche.

— Comment ça se présente ? demanda Zoé en entrant, son appareil photo en bandoulière.

— On y est presque, répondit Julien en souriant. La sonorisation est presque terminée. Il ne reste plus qu'à finaliser le programme des ateliers.

— Léa, qui venait d'arriver avec une pile de brochures, ajouta :

— J'ai reçu la confirmation de tous les intervenants. Nous avons des experts en écologie, des artistes, des historiens… Tout est prêt pour offrir un festival riche et diversifié, avec pleins de nouveauté.

Une Communauté Unie Madame Berger, avec sa sagesse habituelle, prit la parole :

— Ce festival est le fruit de notre travail acharné et de notre collaboration. Nous avons prouvé que, même dans une petite ville comme la nôtre, nous pouvons réaliser de grandes choses. Monsieur Dubois, qui venait de finir une visite guidée virtuelle avec des élèves, la tête c'est vrai.

Ce festival montrera à tout le monde que Prasville est une ville dynamique et créative. Une Visite Inattendue Alors que tout le monde discutait des derniers détails, une voiture noire s'arrêta devant la salle. Le commissaire René Marc en sortit, accompagné de Manu et d'Alexane des stupéfiants.

— Commissaire, s'exclama Julien, surpris. Que nous vaut l'honneur ? René Marc sourit, mais son regard était sérieux.

— Nous avons des nouvelles importantes. Nous avons réussi à démanteler une partie du réseau criminel grâce à vos efforts. Mais il reste encore du travail à faire. Manu prit la parole :

— Nous avons besoin de votre aide pour surveiller certains éléments pendant le festival. Il y a des rumeurs selon lesquelles ils pourraient tenter quelque chose. L'équipe se regarda, consciente des enjeux. Zoé, toujours prête à agir, déclara :

— D'accord. Nous ferons ce qu'il faut pour assurer la sécurité du festival Madame Berger ajouta : Nous ne laisserons personne gâcher cet événement. Léa, pragmatique, proposa :

— Nous pourrions utiliser notre système de sonorisation pour diffuser des messages de sécurité discrètement, sans alarmer les participants.

Le jour J arriva enfin. La place centrale de Prasville était méconnaissable. Des stands colorés s'alignaient, proposant des mets traditionnels du monde entier. Une scène impressionnante était érigée pour les spectacles et les conférences. Des enfants couraient, émerveillés

Par les décorations et les animations. Julien, Zoé, Madame Berger, Léa, et Monsieur Dubois circulaient parmi la foule, surveillant les activités tout en profitant de l'ambiance festive. Zoé, toujours avec son appareil photo, immortalisait chaque instant, tandis que Léa veillait à ce que tout se passe bien dans les ateliers. Soudain, une agitation se fit sentir près de la scène principale. Une bagarre éclata entre deux hommes. Manu et son équipe intervinrent rapidement, maîtrisant la situation sans causer de panique. Le commissaire René Marc, observant de loin, murmura à Julien :

— Voilà pourquoi nous devons rester vigilants. Plus tard dans la journée, Julien monta sur scène pour un discours.

— Mes amis, ce festival n'est pas seulement une célébration de notre diversité aussi de notre unité. Nous avons travaillé ensemble, surmonté des obstacles et prouvé que la solidarité est notre plus grande force. Continuons à tenir la main, à nous soutenir les uns les autres, et à bâtir un avenir meilleur pour tous. Et pour finir ce discours, je voudrai vous annoncez une superbe

Nouvelle, notre ami Tristan qui par suite d'un accident était dans un coma profond, il vient de réouvrir les yeux et nous à reconnut. Faisons un tonnerre d'applaudissement afin qu'il puisse nous entendre !

— Je veux tous vous voir les bras en l'air en bas et 2 et Trois en l'air, en bas en haut en bas. La foule joyeuse éclata en applaudissements, émue par ses paroles. Et redoublait de puissance en criant :

— Salut Tristan courage on est avec toi ! Une Nuit de Réjouissance Le festival se poursuivit jusque tard dans la nuit. Les lumières multicolores illuminaient la place, créant une atmosphère magique.

Les musiciens jouaient, les gens dansaient, et un sentiment de joie et de communauté régnait partout. Alors que la nuit avançait, Zoé prit une photo du groupe, capturant le moment où ils se tenaient tous ensemble, unis par une vision commune et un amour pour leur ville. Les jours suivants, les retombées du festival furent positives. Prasville était désormais reconnue comme une ville modèle de coopération et de créativité. Le commissaire René Marc et son équipe

Continuaient leur lutte contre le crime, mais ils savaient qu'ils pouvaient toujours compter sur le soutien de la communauté. Et ainsi, Julien, Zoé, Madame Berger, Léa, et habitants, avaient non seulement transformé leur ville, mais aussi inspiré d'autres à travers le pays. Leur histoire montrait que, même face à l'adversité, l'unité et la solidarité pouvaient mener à de grandes choses. Et c'est ainsi que le petit cafetier de Prasville devint un pilier incontournable de sa communauté, prouvant que chaque geste, aussi petit soit-il, pouvait avoir un impact immense sur le monde qui nous entoure.

Chapitre 20 :

Les lumières étaient éteintes et la salle plongée dans une obscurité calme après l'agitation de la soirée. L'équipe de Julien se tenait près de la scène, encore sous le choc des événements. Le commissaire Rene Marc et Manu étaient en discussion avec le maire, qui venait d'arriver.

— Malgré ce qui s'est passé, déclara le maire avec une détermination inébranlable, nous devons montrer à tous que rien ne peut briser l'esprit de notre communauté. Je propose de rouvrir le spectacle et de reprendre les festivités ce soir. En clôture, nous aurons un grand feu d'artifice. Les visages autour de lui s'illuminèrent d'un nouvel espoir. La décision était prise. Ils ne laisseraient pas la peur gagner. La Renaissance du Festival Les lumières furent rallumées, illuminant de nouveau la salle de mille couleurs. Les spectateurs, informés que la menace était écartée, revinrent peu à peu, remplissant

La salle de rires et de brouhaha. Les artistes remontèrent sur scène, prêts à offrir une soirée inoubliable. Julien, Léa, Zoé, Madame Berger et Monsieur Dubois observaient la salle se remplir avec une fierté silencieuse.

Ils savaient que cette soirée resterait gravée dans les mémoires, non seulement pour les performances spectaculaires, mais aussi pour la solidarité et la résilience démontrées par leur communauté.

Le Retour de Julie, Dans les coulisses, Julie attendait, nerveuse mais déterminée. Elle savait que sa participation avait été cruciale pour déjouer les plans des malfaiteurs. Le commissaire René Manu la rejoignit.

— Julie, tu as fait preuve d'un courage remarquable. Grâce à toi, nous avons pu éviter une catastrophe.

Julie hocha la tête, un sourire timide sur les lèvres.

— Merci, commissaire. Je voulais juste aider. N'oubliez pas votre promesse vous allez m'aider à devenir comme vous et pas derrière un bureau ?

— Bien sûr Julie on verra cela avec toute l'équipe, Promis, il lui déposa un baiser sur le front.

Le spectacle reprit avec une énergie renouvelée. Les artistes donnèrent le meilleur d'eux-mêmes, et la foule applaudit, riant et chantant avec enthousiasme. Zoé, avec son appareil photo, capturait chaque moment, ses clichés immortalisant l'esprit indomptable de Prasville. Enfin, le moment tant attendu arriva. Le maire monta sur scène pour annoncer la clôture des festivités.

— Mesdames et messieurs, ce soir, nous avons montré que notre ville est forte, solidaire et courageuse.

Merci à tous pour votre soutien. Maintenant, place au feu d'artifice ! Trois Gros Boum sonne le début du feu. Un Ciel Étoilé Les lumières s'éteignirent à nouveau, mais cette fois, ce n'était pas pour une évacuation. Un silence anticipatif s'installa, et soudain, le ciel explosa de couleurs.

Les feux d'artifice illuminèrent la nuit, chaque explosion marquant la victoire de la communauté sur l'adversité. Julien regarda les visages illuminés par les

Feux d'artifice, sentant une profonde satisfaction. Ils avaient réussi.

Ensemble, ils avaient surmonté les obstacles et fait de cette soirée un succès. Alors que les dernières étincelles s'éteignaient dans le ciel, Julien se tourna vers ses amis. Nous l'avons fait. Nous avons montré que rien ne peut nous arrêter. Manu s'approcha, un sourire sur les lèvres. Vous avez tous été incroyables. Mais n'oublions pas que ce n'est qu'une bataille. Nous devons rester vigilants. Le commissaire Rene Marc acquiesça. Manu a raison. Nous avons remporté une victoire, mais la lutte continue. Ensemble, nous devons protéger ce que nous avons construit. Vers l'Avenir La nuit avançait, mais l'esprit de Prasville brillait plus fort que jamais. Julien, Léa, Zoé, Madame Berger, Monsieur Dubois et tous les autres savaient que de nouveaux défis les attendaient, mais ils étaient prêts à les affronter ensemble. Le festival international « Si tous les gars du monde voulaient se tenir la main » avait prouvé que l'unité et la solidarité pouvaient surmonter toutes les épreuves. Et alors que la dernière lueur du feu d'artifice

S'éteignait, une nouvelle page de l'histoire de Prasville s'ouvrait, promettant des jours meilleurs. EST-CE VRAIMENT LA FIN ? Ainsi se termine notre récit, une histoire de courage, d'amitié et de résilience. Un grand merci aux « ZOZO » et aux Commissaire René Marc, Manu et ses nettoyeurs en attendant leurs prochaines enquêtes.

Voici une suite appelée Le commissaire **Manu et ses nettoyeurs** qui sera une série.

Léa et Tom sortent ensemble pour une balade en ville, une certaine tension semble planer. Ils se sont rapprochés, mais un pressentiment étrange les habite, lié aux événements récents avec les deux frères. Léa tourne la tête vers Tom.

— Tu y penses encore, pas vrai ? Lui demande-t-elle doucement.

Tom acquiesce, les mains dans les poches. Ouais, cette histoire me turlupine. Et toi aussi, j'imagine...

Léa hoche la tête. J'ai cette impression qu'on est juste au début de quelque chose de bien plus grand...

Leur conversation est interrompue par une vibration simultanée sur leurs téléphones. Un message de Manu :

— *J'ai eu des nouvelles. J'ai besoin de vous. Soyez prêts. Venez me rejoindre dans une heure au gymnase. Ne parlez à personne.*

Tom et Léa échangent un regard. Ce n'était pas un simple rendez-vous amical. Ils savent que Manu est sur une piste sérieuse et que ce rendez-vous n'a rien de banal.

Une heure plus tard, ils se retrouvent au gymnase. Manu les attend, l'air grave.

— Les frères ont décidé d'aller jusqu'au bout, — dit-il d'un ton bas. Ils veulent me tendre un piège pour aider à démanteler le réseau. Léa s'étonne.

— Et tu vas les laisser faire ? Manu soupire.

— Ils ne me laissent pas vraiment le choix. C'est notre seule chance. Mais ce n'est pas sans risque... Tom serre les poings. — On veut être là, Manu. On ne peut pas rester sur le côté à attendre. Manu hésite un instant, mais finit par hocher la tête

— Très bien. Mais vous devez suivre mes instructions à la lettre. Ils discutent du plan. Les frères vont faire semblant de négocier une livraison avec les trafiquants, tandis que Manu, Léa et Tom les surveilleront de loin. Mais tout doit se passer discrètement, pour ne pas éveiller les soupçons. C'est un jeu dangereux, mais ils savent qu'ils n'ont plus le choix.

Alors que le rendez-vous approche, la tension monte d'un cran. Les deux frères arrivent au point de rencontre, un vieux hangar isolé. Tom et Léa observent la scène depuis une distance raisonnable, cachés avec Manu derrière des voitures abandonnées.

Le vent souffle, créant une atmosphère encore plus pesante. Les minutes passent. Soudain, un bruit de moteur se fait entendre. Une voiture noire s'approche. Les trafiquants sont là.

— C'est le moment, murmure Manu. Restez concentrés.

Les trafiquants sortent de la voiture. Les échanges commencent. Tout semble se dérouler normalement, jusqu'à ce qu'un des hommes lève la voix. Une tension palpable surgit. Un coup de feu éclate. Léa retient son souffle. Tom fait un pas en avant, mais Manu l'arrête d'un geste.

— Pas encore, murmure Manu. On attend...

Le moment décisif approche. Une nouvelle phase de leur aventure commence, mais ils ignorent encore à quel point cette nuit changera tout.

Le coup de feu résonne encore dans l'air lorsque les trafiquants braquent leurs armes sur les deux frères. Ils sont acculés, mais gardent leur sang-froid, jouant parfaitement le rôle que Manu leur a demandé de tenir. Les deux hommes feignent d'accepter les conditions des trafiquants, essayant de gagner du temps, tandis que Manu, Léa, et Tom guettent l'opportunité d'agir.

Manu, plus tendu que jamais, observe les moindres mouvements des trafiquants.

— Ça va déraper, je le sens... Murmure-t-il.

Les trafiquants avancent vers les frères, et l'un d'eux les force à ouvrir le coffre de leur voiture. À l'intérieur, des cartons que les frères prétendent contenir la marchandise. Mais en réalité, c'est un leurre. Ils espèrent que cette fausse livraison leur permettra de piéger les trafiquants.

L'un des hommes s'approche pour vérifier le contenu du coffre. Ses sourcils se froncent lorsqu'il découvre le faux matériel. Vous nous prenez pour des idiots ? Hurle-t-il, levant son arme en direction du plus jeune frère.

C'est à cet instant précis que Manu intervient. Il surgit de sa cachette avec une précision quasi militaire. Police ! Jetez vos armes et mettez les mains en l'air !

Le chaos éclate.

Les trafiquants tirent, la situation explose en un instant. Léa et Tom, pris de panique, se plaquent au sol derrière une vieille barrière métallique. Le bruit assourdissant des balles et des cris résonne dans l'entrepôt. Manu, rapide et agile, riposte avec efficacité. Mais la situation dégénère rapidement, et les frères sont en danger immédiat.

Léa, le cœur battant, jette un coup d'œil à Tom. On ne peut pas rester ici, ils ont besoin de nous !

Tom, encore sous le choc, hoche la tête. Ils n'avaient jamais été confrontés à une telle situation, mais ils savaient qu'ils devaient agir. Ensemble, ils rampent discrètement à travers les débris, se rapprochant du lieu d'affrontement.

Alors que les tirs s'intensifient, Manu parvient à neutraliser un des trafiquants. Mais il reste encore deux hommes, et l'un d'eux semble particulièrement déterminé. Il se dirige droit vers les frères, arme pointée, prêt à faire feu.

Tom, voyant la scène, prend une décision rapide. Il se redresse, ramasse une barre de fer au sol, et dans un élan de courage, la lance directement en direction du trafiquant. L'homme trébuche sous l'impact, laissant tomber son arme.

C'est le moment qu'attendait Manu. Il profite de la distraction pour immobiliser le dernier trafiquant et le désarmer. La scène, qui avait semblé interminable, prend soudain fin dans un silence lourd.

Les frères, encore sous le choc, remercient Manu du regard. Merci, sans vous, on serait morts, souffle l'aîné, visiblement secoué.

Léa et Tom se redressent, encore tremblants mais fiers d'avoir agi. Manu, toujours vigilant, s'approche d'eux. Vous avez fait du bon boulot. Vous avez du courage.

Mais alors qu'ils reprennent leur souffle, un bruit de moteur les alerte. Une autre voiture approche rapidement du hangar. Un sentiment de danger immédiat les envahit.

—   Ce n'est pas fini, murmure Manu. Restez sur vos gardes...

La voiture s'arrête brutalement, et la portière s'ouvre avec fracas. Un homme sort, différent des autres trafiquants. Il est grand, bien habillé, avec une expression glaciale. Son regard se pose directement sur Manu, comme s'il l'attendait.

— Ah, commissaire Manu, dit l'homme d'une voix froide. Vous pensez vraiment que vous pouvez mettre fin à tout ça si facilement ?

Manu le reconnaît immédiatement. C'est l'un des plus gros poissons du réseau, un homme qu'il traquait depuis des mois. L'enjeu vient de monter d'un cran. Ce n'est plus seulement une affaire de petits trafiquants. C'est bien plus gros, et plus dangereux qu'il ne l'imaginait.

L'homme, toujours aussi calme, s'avance lentement, ses yeux perçants fixés sur Manu. Vous avez peut-être neutralisé mes hommes, mais croyez-moi, commissaire, vous êtes loin d'avoir fini. Vous avez mis le doigt dans une machine bien plus complexe que vous ne l'imaginez.

Manu, bien que tendu, reste impassible. Il savait que cet homme, qu'on surnommait **Le Silencieux** ans les milieux criminels, n'était pas là par hasard. Il était un maillon clé de l'organisation.

Le Silencieux s'arrête à quelques mètres de Manu, une petite lueur de défi dans le regard. Vous avez envie de jouer au héros, n'est-ce pas ? Mais savez-vous vraiment dans quoi vous vous embarquez ?

Manu serre les dents. J'ai déjà tout ce qu'il me faut pour vous arrêter. Ce n'est plus qu'une question de minutes.

L'homme sourit, un sourire glacial. Ah, commissaire, toujours aussi sûr de vous. Vous pensez que les choses sont aussi simples ? Laissez-moi vous montrer la réalité.

D'un geste rapide, il appuie sur un bouton dissimulé dans sa poche, et soudain, des bruits retentissent tout autour d'eux. Les murs du hangar commencent à vibrer légèrement, et des cliquetis métalliques se font entendre. Léa, Tom, et les frères échangent des regards inquiets. Quelque chose ne tournait pas rond.

— Que diable... ? Murmure Tom.

Soudain, des portes cachées dans les murs du hangar s'ouvrent lentement, révélant des dizaines de caisses soigneusement alignées. À l'intérieur, des armes, des produits illicites, des papiers... C'était un véritable arsenal clandestin, et bien plus encore. Une preuve accablante de l'ampleur du réseau auquel ils avaient affaire.

Manu reste stoïque, mais intérieurement, il comprend l'ampleur de la situation. Ce n'était pas seulement une petite opération, c'était bien plus vaste. Et avec ces preuves, il pourrait faire tomber une partie importante du réseau. Mais le danger était loin d'être écarté.

Le Silencieux se tourne vers Manu. Vous voyez, commissaire, Vous avez peut-être frappé un grand coup aujourd'hui, mais ce n'est qu'une partie de l'iceberg. Le véritable maître de ce jeu, vous ne l'avez même pas encore approché. Et croyez-moi, il sait déjà tout de vous.

Le sang de Manu se glace, mais il ne montre rien. On verra ça. Pour l'instant, vous allez répondre de vos actes.

Léa, Tom, et les frères, toujours en arrière-plan, se regardent, encore ébranlés par les événements. Tom, essayant de garder son calme, s'approche de Manu et chuchote. Manu, c'est quoi la suite ? On est en sécurité là ?

Manu hoche la tête doucement. On n'est jamais vraiment en sécurité dans ce genre de situation, Tom. Mais on va sortir d'ici ensemble.

Alors qu'ils s'apprêtent à bouger, des sirènes retentissent au loin. Manu sait que les renforts ne sont plus très loin, mais il sent que quelque chose ne va pas. Le Silencieux a trop confiance en lui, trop serein pour quelqu'un qui devrait être en train de se faire arrêter.

D'un coup, Manu entend un faible bruit derrière lui. Il se retourne juste à temps pour voir l'un des hommes que Tom avait désarmés plus tôt se redresser, une arme à la main. Tout se passe en une fraction de seconde.

L'homme tire, visant Manu directement.

Mais avant que le coup ne parte, Tom se jette instinctivement sur Manu, le projetant au sol. La balle siffle juste au-dessus de leur tête, manquant de peu son objectif. Tom, encore sous le choc de son propre acte, tremble légèrement, mais Manu lui adresse un regard plein de gratitude.

— Tu m'as sauvé la vie, gamin, souffle Manu en reprenant son souffle.

Les renforts arrivent enfin, encerclant le hangar, et rapidement, le Silencieux est maîtrisé, ainsi que les derniers trafiquants encore debout. Mais avant d'être emmené, le Silencieux murmure à Manu.

— Ce n'est pas fini. Vous verrez, commissaire. Bientôt, vous aurez à faire face à des décisions bien plus difficiles. Ce n'est qu'un début.

Manu, malgré tout, sent que ces paroles résonnent en lui plus qu'il ne le voudrait. Il sait que la bataille n'est pas terminée, mais pour l'instant, ils ont gagné une manche.

Dehors, alors que la nuit tombe, Manu, Léa, et Tom sortent enfin de l'entrepôt. La tension redescend peu à peu. Les frères, eux, sont immédiatement pris en charge pour être interrogés.

Léa, encore secouée par l'action, prend une grande inspiration.

— Je crois qu'on a frôlé la catastrophe, dit-elle, en se tournant vers Tom. Merci, tu as été incroyable.

Tom sourit faiblement. C'est toi qui m'as donné le courage.

Manu, regardant la scène avec un sourire en coin, prend la parole. On n'en a pas fini, les jeunes. Le plus dur est à venir. Mais pour ce soir... on peut se reposer un peu.

Léa et Tom acquiescent, sachant pertinemment que cette accalmie n'est que temporaire. Mais ils sont prêts. Ensemble, ils savent qu'ils pourront affronter ce qui vient.

Le lendemain matin, après une nuit agitée de réflexions et de rêves perturbants, Manu se rend au commissariat. Bien que les événements de la veille aient permis une victoire importante, quelque chose le tracassait. Les paroles du Silencieux tournaient en boucle dans son esprit. Ce n'est que le début avait-il dit. Et Manu sentait que l'ombre d'une menace plus grande planait toujours.

Au commissariat, l'ambiance est électrique. Les preuves trouvées dans le hangar sont en cours d'analyse, et l'interrogatoire du Silencieux et des frères va commencer. Manu sait qu'il va falloir jouer serrer. Tout le monde ici est sur le qui-vive. Mais au milieu de toute cette tension, un message inattendu l'attendait sur son bureau.

Un simple mot.   Rejoins-nous ce soir. Le jeu continue.

Aucune signature. Juste cette invitation énigmatique. Le cœur de Manu s'emballe, mais il sait qu'il ne peut pas agir seul. Il faut qu'il en parle à Léa et Tom, les seuls en qui il a réellement confiance en dehors du commissariat.

Plus tard dans l'après-midi, il retrouve Léa et Tom dans un petit café à l'écart, loin des regards indiscrets. Les deux jeunes sont encore marqués par l'action de la veille, mais leur détermination est intacte.

— On a un problème, commence Manu en sortant le message de sa poche. Le Silencieux et son groupe ne sont pas les seuls dans cette affaire. Il y a une organisation plus vaste derrière eux, et ils veulent me rencontrer ce soir.   Léa fronce les sourcils.

— tu penses que c'est un piège ?

— Évidemment que c'est un piège, intervient Tom. Mais on ne peut pas ignorer ça, Manu. Ils te donnent une chance de les approcher. On pourrait découvrir qui tire vraiment les ficelles.

Manu acquiesce, sachant pertinemment qu'il va devoir être extrêmement prudent. Je ne peux pas y aller seul. Vous deux, vous êtes déjà impliqués malgré vous. Mais si on y va ensemble, on doit avoir un plan solide. Léa pose sa main sur celle de Manu.

— On est avec toi. On va s'en sortir, comme toujours.

Tom, lui, regarde fixement Manu.

— Qu'est-ce qu'on fait, alors ? On se pointe, et on les confronte directement ? Manu secoue la tête.

— Non, on joue leur jeu. On y va, mais discrètement. On observe, on écoute, et si les choses tournent mal, on se retire immédiatement. Je ne veux pas que vous preniez des risques inutiles. La tension est palpable, mais ils sont décidés. Ce soir, ils se rendront à ce rendez-vous mystérieux, en espérant en apprendre plus sur l'organisation.

À suivre

Si ce début d'aventure vous a plu alors la suite est à porté de mains. Bonne lecture dans les prochaines aventures. Merci

Le commissaire Manu et ses nettoyeurs !

© marc et martine schilder, 2025
Édition : BoD · Books on Demand, 31 avenue Saint-Rémy, 57600 Forbach, bod@bod.fr
Impression : Libri Plureos GmbH, Friedensallee 273, 22763 Hamburg (Allemagne)
ISBN : 978-2-3224-7727-2
Dépôt légal : février 2025